First published by Blurb 2021

Copyright © 2021 by David Days

All rights reserved. No part of this publication may be reproduced, stored or transmitted in any form or by any means, electronic, mechanical, photocopying, recording, scanning, or otherwise without written permission from the publisher. It is illegal to copy this book, post it to a website, or distribute it by any other means without permission.

David Days asserts the moral right to be identified as the author of this work.

This is a work of fiction. Although in its form represents the situations of actual living people, it is not true. Space and time have been rearranged to suit the convenience of the book, and with the exception of names, any resemblance to persons living or dead is coincidental. The opinions expressed are those of the characters and should not be confused with the author's.

Cómo me enamoré de mi editor

Por David Days

Contenido

Introducción	001
Demasiada Confianza	023
El Doble Confidente	039
El Escándalo de Eduardo	049
La Cena Improvisada	065
Cocinando Juntos	079
El Gato	105
Celos Enfermizos	117
El Novio	129
La Graduación	147
Viviendo Sin Tí (Eduardo)	165
Viviendo Sin Tí (Titanchi)	185
De Vuelta a Casa	205
La Boda de Mi Mejor Amigo	227

Introducción

MERCEDES (TITA)

-Introducción...? ¿Qué se pone aquí? Bueno, mi nombre es Mercedes, aunque todos me dicen Tita, tengo 21 años y mis padres murieron hace unos meses, aún duele mucho, pero encontré el diario de mi mamá, donde describe cómo conoció a mi papá y he decidido convertirlo en un libro, para sentirlos un poco más cerca... ¿Qué tal así?- se decía Tita a sí misma mientras escribía su borrador sobre el mostrador.

-Un poco sombrío ¿no crees?- le dijo un cliente que se recostó sobre el mostrador a leer lo que hacía. Tita inmediatamente guardó su hoja avergonzada. Lo miró de frente y se espantó un poco, tenía un largo pelo castaño al hombro, y unos brillantes ojos marrones, su mirada era suave aunque podría derretir mantequilla, Tita se sacudió.

-Disculpe, bienvenido a La Enchilada Feliz, hogar de la enchilada que lo hará feliz, ¿en qué puedo servirle?- dijo como un robot. El muchacho se rió a carcajadas.

-Estoy entre clases, no tengo mucho tiempo para ordenar algo en realidad, estoy aquí con unos amigos y no pude evitar escuchar tu "Introducción", yo estoy estudiando Literatura, intenta mantenerlo simple, solo explica de dónde vienes y por qué escribes, a ver, si yo te dijo, Hola, me llamo Eduardo y estoy escribiendo desde que tengo 12 años, por esto, decidí estudiar literatura y convertirme en agente y editor literario, he vendido más de 14 libros de mi autoría y tengo un reconocimiento de Editor Junior de una de las mejores firmas del país- Tita se quedó mirándolo con la boca abierta un buen rato.

-Bueno, te diría que no eres tampoco la gran cosa- dijo volteando sus ojos. -Con decirme que eras escritor principiante y que hacías pasantía en Super Libros S.A. era más que suficiente-

-Eso pensé cuando escuché el tuyo, no es necesario que me digas que tus padres se murieron- dijo Eduardo bien dramático e irrespetuoso. -A menos que quieras que compren tu libro por pena- dijo encogiéndose de hombros.

-¡NO! ¡No quiero que lo compren por pena, pero quiero que sepan por qué lo escribí!-

-Pues puedes decir...- Eduardo tomó la hoja en la que Tita escribía. -Mi nombre es Mercedes, tengo 21 años y tras una trágica experiencia he encontrado el diario que contiene la mejor historia de amor jamás contada, y quisiera compartirla con ustedes- Tita lo vio asombrada, era perfecto.

-Muchas gracias universitario presuntuoso, ya sé exactamente cómo seguir- Eduardo se rió y miró el reloj.

-No hay problema, siempre que me necesites

estoy por aquí, fue un gusto conocerte Mercedes, ahora tengo que ir a clases!- dijo alejándose.

-¡ES TITA!... Bueno, no importa, me ayudó mucho, ahora sí ...y quisiera compartirla con ustedes. Todo empezó en 1988...- Tita escribía inspirada cuando su mejor amigo y compañero de trabajo le arrebató la hoja.

-Uy, ¿Qué es esto? Una historia de amooooor, ¿y de quién te enamoraste este cuatrimestre?- decía en tono burlón, ondeando la hoja frente a Tita, esta la tomó de vuelta sonrojada. Iván era un joven alto, musculoso, de buen parecer con un pelo negro como la noche, parecido al de Tita, cualquiera diría que realmente parecían hermanos.

-No sé de qué hablas, de nadie-

-Por favor Tita, todos los cuatrimestres te enamoras de uno de los muchachos de la universidad, les das papas extra, salsa extra, una vez te atrapé regalando a uno una enchilada!-

-Bueno, sí Banchi, pero esta vez no es sobre mí, encontré el diario de mi mamá, con la historia de cómo mis padres se conocieron- Banchi se puso serio y la abrazó.

-Lo siento por burlarme Tita, no sabía que era sobre tus padres, pero qué bueno, así podrás tenerlos más cerca-

-¡Eso dije yo! Es ridículo lo sincronizados que estamos-

-Por eso eres mi mejor amiga, chiquita, bonita, de Banchi- decía Banchi apretando los cachetes de Tita como a una bebé.

-Ay ya Banchi, solo eres dos años mayor- dijo alejándolo y frotando sus adoloridos cachetes.

-Mayor en edad, pero nunca en talento- le dió un gran beso en la mejilla y se quitó el delantal, y poniéndolo encima del mostrador, lo saltó. -Tengo que ir a clases ahora, volveré en un rato para el turno de la noche, para que puedas seguir escribiendo tu obra maestra-

Tita se quedó pensando en aquel muchacho que la ayudó, cómo se puso a escucharla aun estando sentado con sus amigos, lo entrometido que era, lo arrogante, sí es cierto que la ayudó y mucho, pero vino a presumir sus logros y... ¿Qué quería probar? ¿Qué sabía más de literatura que Tita? ¿Qué estaba más preparado? ¿O más importante? Tal vez si lo viéramos desde su punto de vista...

EDUARDO

-Buenos días, soy Eduardo y estudio literatura-
-Gracias Eduardo, ¿quién sigue?- dijo el maestro observando la lista de asistencia.
-¡Yo maestro! ¡Yo quiero!- dijo Banchi levantándose de la silla. -Hola, me llamo Iván y estoy escribiendo desde que tengo 9 años, por esto, decidí estudiar literatura y convertirme en un magnífico escritor, he vendido más 80 libros de mi autoría, tengo un ojo adiestrado para el talento literario, y trabajo en el restaurante del campus a medio tiempo- todos aplaudieron a Banchi quien se sentó orgulloso. Eduardo lo miraba con admiración, sabía que podría aprender mucho de él, así que cuando la clase terminó lo siguió afuera.
-Disculpa, Iván, yo soy Eduardo- dijo tomándolo del brazo.
-Hola hermano ¿cómo estás?- Banchi le dio un gran abrazo y Eduardo confundido... pero

alegre, se lo devolvió.

-Estoy bien, gracias, oye, soy nuevo por aquí y aún no tengo muchos amigos, ¿quisieras...-

-¿Un tipo como tú?- lo interrumpió Banchi. -Un chico guapo y...- lo olfateó muy de cerca. -...y que apesta a éxito! Tendrás un montón de amigos en lo que canta un gallo, pero yo seré el primero!- dijo Banchi con una sonrisa. -Pero ahora me tengo que ir a trabajar, mi próxima clase es como en dos horas-

-Mi próxima clase es como en hora y media, tal vez pase a verte por el restaurante-

-¡Claro! ¡Cuando quieras!- dijo Banchi corriendo a encontrarse con Tita.

-Hola, te vimos hablando con Banchi, eres Eduardo ¿cierto?- dijo una linda chica que salía del aula.

-Sí, claro, y... ¿y tú?-

-Yo soy Patty, mis amigos y yo vamos a repasar lo que acaba de hablar el profesor, ¿quieres estudiar con nosotros?- Eduardo miró su reloj y asintió con la cabeza. Pasada una hora, Eduardo miraba el reloj constantemente, quería ir a encontrarse de nuevo con su amigo que lo había tratado tan bien. -Chicos ¿no tienen un poco de hambre?-

-No, en verdad no- dijo Patty sin levantar la cabeza del libro.

-Yo tampoco, no... ¿y si bajamos a tomar aire fresco? podemos seguir estudiando abajo en el restaurante- dijo Eduardo insistente. Todos se miraron y asintieron, tomaron sus libros y bajaron al restaurante. Pero Eduardo ya no pudo prestar atención, estaba buscando a Banchi, y acercaba su silla cada vez más al mostrador a ver si escuchaba a Banchi o lo veía salir... y entonces la escuchó, una voz dulce, pero triste, suave, pero llena de sabiduría... una chica tan linda y especial que enterneció su corazón con solo mirarla.

-Introducción...? ¿Qué se pone aquí? Bueno, mi nombre es Mercedes, aunque todos me dicen Tita, tengo 21 años y mis padres murieron hace unos meses, aún duele mucho, pero encontré el diario de mi mamá, donde describe cómo conoció a mi papá y he decidido convertirlo en un libro, para sentirlos un poco más cerca... ¿Qué tal así?- se decía Tita a sí misma mientras escribía su borrador sobre el mostrador.

-Un poco sombrío ¿no crees?- le dijo Eduardo recostandose sobre el mostrador a leer lo que hacía, realmente le recordaba a su introducción en clase. Tita inmediatamente guardó su hoja avergonzada.

-Disculpe, bienvenido a La Enchilada Feliz, hogar de le enchilada que lo hará feliz, ¿en que puedo servirle?- dijo como un robot. Eduardo se rió a carcajadas, nadie había sido tan simpático con él, aunque sea solo servicio al cliente.

-Estoy entre clases, no tengo mucho tiempo para ordenar algo en realidad, estoy aquí con unos amigos y no pude evitar escuchar tu "Introducción", yo estoy estudiando Literatura, intenta mantenerlo simple, solo explica de dónde vienes y por qué escribes, a ver, si yo te dijo, Hola, me llamo Eduardo y estoy escribiendo desde que tengo 12 años, por esto, decidí estudiar literatura y convertirme en agente y editor literario, he vendido más de 14 libros de mi autoría y tengo un reconocimiento de Editor Junior de una de las mejores firmas del país- Tita se quedó mirándolo con la boca abierta un buen rato.

-Bueno, te diría que no eres tampoco la gran cosa- dijo volteando sus ojos. -Con decirme que eras escritor principiante y que hacías pasantía en Super Libros S.A. era más que suficiente-

-Eso pensé cuando escuché el tuyo, no es necesario que me digas que tus padres se murieron- dijo Eduardo bien dramático e irrespetuoso. -A menos que quieras que compren tu libro por pena- dijo encogiéndose de hombros.

-¡NO! No quiero que lo compren por pena, ¡pero quiero que sepan por qué lo escribí!-

-Pues puedes decir...- Eduardo tomó la hoja en la que Tita escribía. -Mi nombre es Mercedes, tengo 21 años y tras una trágica experiencia he encontrado el diario que contiene la mejor historia de amor jamás contada, y quisiera compartirla con ustedes- Tita lo vio asombrada, era perfecto.

-Muchas gracias universitario presuntuoso, ya sé exactamente cómo seguir- Eduardo se rió y miró el reloj.

-No hay problema, siempre que me necesites estoy por aquí, fue un gusto conocerte Mercedes, ahora tengo que ir a clases!- dijo alejándose. Corrió a su siguiente clase, y llegó justo a tiempo, pero el profesor no había llegado, de hecho él estaba solo en el aula.... ¿se habría equivocado? Decidió recostarse un rato luego de verificar que era el aula correcta, y al tiempo llegaron sus compañeros y el profesor. Banchi lo vio y se sentó a su lado.

-Hermano, madrugaste, no te ví en el restaurante-
-Fuí, y me encontré a una muchacha y hablamos un rato, pero me fui corriendo para venir a tiempo-
-Hay tanto que tienes que aprender- dijo Banchi con una carcajada. -Mira, el profesor Piper siempre pide comida cuando termina la clase antes de esta, y hasta que no se la come no viene a clases, y siempre come en la misma mesa en el centro del campus, así que es fácil saber cuando va a subir- Eduardo lo miraba atónito, como si fuera un superhéroe. -Pero háblame de la chica, ¿una nueva conquista? ¿Ya tan rápido y te estás quedando con todas? Deja algo para los menos agraciados- dijo Banchi chocando su puño y tirando el brazo encima de sus hombros en medio abrazo. Eduardo lo miraba extrañado,

había tanto que podía aprender de Banchi, él era popular, sincero, humilde, simpático, amable y además, quería ser su amigo. Pero algo tenía que estar tramando ¿por qué era tan amable con él? Así, sin pedir nada a cambio, podríamos intentar ver su perspectiva.

IVÁN (BANCHI)

-No entiendo, ¿qué hice yo?-

-Banchito, no eres tú, bueno, sí eres tú, es que necesito a alguien más realizado, tú no estás a mi altura-

-Pero...¿dejaste de quererme?-

-No, claro que no, sigues siendo un chico fuerte, atractivo, varonil, gracioso, sensible, ese pelo, esos ojitos... pero no puede ser que a este punto de nuestra carrera yo sea más exitosa que tú-

-Nicole, entiende que lo que dices no tiene sentido, si tú me quieres, ¿a quién le importa que no esté "a tu nivel"?-

-¿Qué dirá la gente, Banchito?- Banchi se enojó y tomó su mochila y se dirigió al aula, Nicole entró corriendo detrás de él. Banchi se sentó en la parte de atrás, quería llorar de enojo, no era una competencia, él había ayudado a Nicole a llegar donde estaba, se sentía utilizado, entonces lo escuchó, la voz tímida y asustada de carne fresca.

-Buenos días, soy Eduardo y estudio literatura-

-Gracias Eduardo, ¿quién sigue?- dijo el maestro observando la lista de asistencia.

-¡Yo maestro! ¡Yo quiero!- dijo Banchi levantándose de la silla. -Hola, me llamo Iván y estoy escribiendo desde que tengo 9 años, por esto, decidí estudiar literatura y convertirme en un magnífico escritor, he vendido más 80 libros de mi autoría, tengo un ojo adiestrado para el talento literario, y trabajo en el restaurante del campus a medio tiempo- todos aplaudieron a Banchi quien se sentó orgulloso mirando a Nicole, ella solo pudo bajar la cabeza. Hacer sentir mal a Nicole no era lo que él quería, pero era lo que necesitaba en ese momento. Cuando la clase terminó, Eduardo lo detuvo afuera.

-Disculpa, Iván, yo soy Eduardo- dijo tomándolo del brazo.

-Hola hermano ¿cómo estás?- Banchi le dio un gran abrazo y Eduardo confundido... pero alegre, se lo devolvió. Banchi sentía que Eduardo le había dado el coraje para imponerse frente a su ex-novia.

-Estoy bien, gracias, oye, soy nuevo por aquí y aún no tengo muchos amigos, ¿quisieras...-

-¿Un tipo como tú?- lo interrumpió Banchi. -Un chico guapo y...- lo olfateó muy de cerca. -...y que apesta a éxito! Tendrás un montón de amigos en lo que canta un gallo, pero yo seré el primero!- dijo Banchi con una sonrisa. -Pero ahora me tengo que ir a trabajar, mi próxima clase es como en dos horas-

-Mi próxima clase es como en hora y media, tal vez pase a verte por el restaurante-

-¡Claro! ¡Cuando quieras!- dijo Banchi corriendo a encontrarse con Tita. Al llegar al restaurante se apuró a ponerse el delantal y llevar pedidos, Tita llevaba mucho rato perdida en su hoja, y él no quería molestarla, en cambio, trabajó por los dos, cocinando, tomando pedidos, y administrando los meseros. Cuando ya no podía más con el calor de la cocina, salió a ver qué tanto escribía su amiga, leyó que en la parte de arriba decía "Una Historia de Amor", no pudo contenerse y se la arrebató.

-Uy, ¿Qué es esto? Una historia de amooooor, ¿y de quién te enamoraste este cuatrimestre?- decía en tono burlón, ondeando la hoja frente a Tita, esta la tomó de vuelta sonrojada.
-No sé de qué hablas, de nadie-
-Por favor Tita, todos los cuatrimestres te enamoras de uno de los muchachos de la universidad, les das papas extra, salsa extra, una vez te atrapé regalando a uno una enchilada!-
-Bueno, sí Banchi, pero esta vez no es sobre mí, encontré el diario de mi mamá, con la historia de cómo mis padres se conocieron- Banchi se puso serio y la abrazó.
-Lo siento por burlarme Tita, no sabía que era sobre tus padres, pero qué bueno, así podrás tenerlos más cerca-

-¡Eso dije yo! Es ridículo lo sincronizados que estamos-

-Por eso eres mi mejor amiga, chiquita, bonita, de Banchi- decía Banchi apretando los cachetes de Tita como a una bebé.

-Ay ya Banchi, solo eres dos años mayor- dijo alejándolo y frotando sus adoloridos cachetes. Banchi vió a lo lejos que su profesor se levantaba de su mesa.

-Mayor en edad, pero nunca en talento- le dió un gran beso en la mejilla y se quitó el delantal, y poniéndolo encima del mostrador, lo saltó. -Tengo que ir a clases ahora, volveré en un rato para el turno de la noche, para que puedas seguir escribiendo tu obra maestra- Banchi corrió tras su profesor.

-Licenciado Piper, ¿cómo se encuentra?-

-Banchi, ¿me estabas vigilando de nuevo?-

-Es que usted es un señor tan interesante y preparado y... pues si, no le mentiré, estaba trabajando y quería aprovechar cada segundo-

-Aplaudo tu honestidad, tu solidaridad con la pobre Tita y tu entrega al trabajo, algún día serás un gran profesional, Banchi- dijo el profesor abriendo la puerta del aula. Banchi y sus compañeros entraron junto con el profesor y dentro del aula solo estaba Eduardo, medio dormido en un asiento, Banchi lo miró conmovido y se sentó a su lado.

-Hermano, madrugaste, no te ví en el restaurante-

-Fuí, y me encontré a una muchacha y hablamos un rato, pero me fui corriendo para venir a tiempo-

-Hay tanto que tienes que aprender- dijo Banchi con una carcajada. -Mira, el profesor Piper siempre pide comida cuando termina la clase antes de esta, y hasta que no se la come no viene a clases, y siempre come en la misma mesa en el centro del campus, así que es fácil saber cuando va a subir- Eduardo lo miraba atónito, como si fuera un superhéroe. -Pero háblame de la chica, ¿una nueva conquista? ¿Ya tan rápido y te estás quedando con todas? Deja algo para los menos agraciados- dijo Banchi chocando su puño y tirando el brazo encima de sus hombros en medio abrazo.

Tres amigos, cuyas vidas estarían entrelazadas de ahora en adelante y para siempre...

Demasiada Confianza

Tita llegó a casa cansada de trabajar, administrar un restaurante en una universidad no era una tarea fácil, pero era casi la única herencia que le habían dejado sus padres. Se dio un buen baño, se sirvió una copa de vino y se sentó a leer el diario de su madre.

"Ese día es algo que recordaré por siempre, yo trabajaba en la cafetería de mi padre, y él pidió una enchilada... era lo que menos se vendía en nuestro menú, pero cuando se la llevé, por un milisegundo nuestras manos se tocaron y fué como electricidad, él me miró y me sonrió y yo supe que mi vida no sería igual, después de ese día ha venido diario a comer enchiladas y las ha recomendado con sus amigos, siempre me aseguro de servir su mesa, pero si mi padre se diera cuenta, me mataría"

Tita leía divertida en su pijama, a la luz de las

velas, cuando abrieron la puerta de golpe con un escándalo. Banchi había vuelto del restaurante y se había traído a Eduardo con él. Tita los escuchó y se escondió corriendo en su cuarto.

-¡TITA! ¡TITA! ¿Estás aquí?- gritaba Banchi medio tomado.

-¿Quién es Tita? ¿Tu novia?- dijo Eduardo, ayudándolo a entrar.

-No, no, no, no, mejor, es mi mejor amiga en todo el mundo, ella no terminaría conmigo por una estupidez como...-

-Como la desgraciada, desalmada, inconsciente y tonta de Nicole, sí Banchi, ya me lo has contado ocho veces- decía Eduardo un poco cansado. -Y entonces esta mejor amiga tuya, ¿crees que cuide de tí? ¿Te puedo dejar aquí?-

-Claro que sí, mi hermano, mi amigo, mi compad...- Banchi se quedó dormido en el sofá sin terminar su oración. Eduardo lo miró y sonrió.

-Que descanses, amigo mío- lo cobijó con una manta que había en la sala y se fue cerrando la puerta con llave. Una vez se había ido, Tita salió de su escondite.

-¡Banchi!- gritó molesta. Banchi se levantó como si nada hubiera pasado.

-Uy por fin se fue, tuve que hacerme el borracho para que no fuera a invitarme a cenar o algo, está medio homosexual el muchacho-

-Pero si así es que te encantan- dijo Tita sonriendo y empujando un poco a Banchi.

-Bueno sí, es que los homosexuales son los mejores amigos, si no me gustaran tanto las mujeres te juro que sería homosexual, no por los hombres pero por su estilo-

-Banchi, eres rarísimo, y dime, ¿dónde encontraste a ese muchacho?- dijo Tita interesada.

-Ah es nuevo, transferido, el pobre, no tiene idea de nada, así que lo tomé como aprendiz, me dió mucho valor en la clase de esta mañana después que...- Banchi dejó salir una lágrima, después de todo ya estaba en casa.

-Sí, escuché por ahí en el restaurante sobre Nicole y tú- Banchi se dejó caer de nuevo en el sofá y Tita se sentó a su lado, él puso la cabeza en su regazo y comenzó a llorar. -Yo sé que no es el momento, pero yo te dije que esa muchacha no era para tí, la universidad acaba con las parejas jóvenes y más en un mundo tan competitivo como es la Literatura, ¿recuerdas a Sammy y Bibian?- decía Tita acariciando su cabello.

-Sí, y Sunny y Jenny- dijo Banchi un poco más calmado. -Tienes razón, pero yo de veras la quiero mucho, y teníamos tanto tiempo-

-Sí, recuerdo cuando estábamos en secundaria que dijimos los tres que estudiaríamos lo mismo, y ustedes se casarían y construirían una casa al lado de la mía y los tres seríamos mejores amigos para siempre. Pero a Nicole la competitividad de la carrera la cambió, la sacó del camino-

-¡Pero la sigo queriendo Tita!- le gritó Banchi entre triste y enojado.

-Pero ya querrás a otra, y esa otra será super afortunada de tener un novio tan guapo, tan divertido y tan inteligente como tú- Tita besó su frente y él se incorporó de nuevo.

-Bueno, sí, los chicos guapos que además son inteligentes somos una especie en extinción- dijo secando sus lágrimas.

-Oye sí, y cuando Nicole se dé cuenta será muy tarde, porque ya no vas a volver con ella... ¿no vas a volver con ella cuando se arrepiente, verdad?- Banchi miró a todos lados y fue a la cocina.

-¿Quieres algo de comer?- Tita se rió, sabía que su amigo era un romántico empedernido y que pasaría mucho tiempo antes de que pudiera olvidar a Nicole.

Al día siguiente Banchi no fue a trabajar, así que Tita tenía doble trabajo. Corría de aquí para allá cuando una voz conocida la detuvo.

-Tita, pequeña, ¿mucho trabajo?- dijo Piper recostándose del mostrador con su sonrisa pícara.

El Licenciado Piper era el galán de la universidad, y aunque todos le respetaban (y le tenían algo de miedo), Tita se había ganado su amistad, aunque no muchos lo sabían. Piper era primo de la madre de Tita, y aunque le llevaba unos añitos a Tita, se entendían perfectamente. Él disfrutaba contándole de sus conquistas y Tita, inocentemente respondía a todas sus preguntas, eran de esos amigos que hablan de los temas que no se pueden hablar frente a la gente decente. Pero si los estudiantes conocían ese lado dulce y social de Piper, él perdería su respeto, así que se desquitaba con Tita solamente.

-¿Pues qué crees estúpido? Como verás Banchi no vino, y no es como que tú quisieras ayudarme, tú solo evitas que yo trabaje-
-No, no, si yo tengo que corregir unos exámenes, pensaba sentarme aquí un rato y ordenar algo-
-Yo te llevo tu favorito ¿sí?, ve siéntate-
-Sí, claro, pero hablemos algo ¿sí?- dijo acomodándose en el mostrador y mirando a todos lados. Tita volteó los ojos y se recostó en el mostrador, sus caras una frente a la otra. Piper sonreía satisfecho. A pesar de su fama de don Juan, él nunca había visto a Tita de esa manera, pero debía mantener las apariencias.
-Ok, ¿de qué quieres hablarme? y sé breve-
-Estoy pensando en retirarme- Tita golpeó la mesa del asombro.
-¿QUÉ?- Tita se tapó la boca y se acercó de nuevo a Piper. -¿Qué?- le susurró.
-Sí, tengo otros proyectos, y con mi liquidación puedo lograrlo, no será mañana, pero estoy planeando todo, tengo que buscar mi

reemplazo- Tita se desanimó, lo miró triste y él puso su mano en la mejilla de Tita, ella sonrió y puso su mano sobre la de él... pero el momento terminó cuando él haló la cara de Tita cerca de la suya.

-No te pongas triste aquí, idiota, la gente va a comenzar a preguntar, vamos, ríete- Tita, estalló de la risa sinceramente, Piper era un muchacho bien gracioso, aunque solo ella conociera ese lado suyo. -Mucho mejor, así me gusta-

-JEFA, LA COCINA-

-Ay Pipe Pipe, te dije que evitas que yo trabaje! Vete, vete a sentar, corrige tus cosas, no seas vago- dijo empujando a Piper y corriendo a la cocina. Piper sonrió y fue a sentarse en su mesa de siempre y al poco tiempo le llegó un moccachino y una delicia de chinola. Justo cuando Tita no podía más, apareció su salvación.

-Mercedes, ¿qué haces? pareces apurada, ¿puedo ayudarte?- la cara de Eduardo realmente parecía sincera y preocupada. Esto enterneció el corazón de Tita, pero entendió de inmediato de qué se trataba. -Tú debes ser la jefa de Banchi, ¿no? yo soy su amigo-

-Wow, interesante, respondiendo tu pregunta, no hay nada que puedas hacer para ayudar, a menos que quieras hacer de mesero, para que uno de ellos venga aquí a cubrir a tu amigo- Eduardo lo pensó un poco...
-Acepto, y así me cuentas cómo va tu historia- Eduardo, fue a hablar con un mesero y este le dio una libreta y su delantal. Tita no quería confiar en él, era un extraño confianzudo no más. Entró a su casa el primer día que conoció a Banchi, solo ha hablado con ella una vez y ya la está ayudando a trabajar. Tita no estaba acostumbrada a tanta hospitalidad, sentía que Eduardo buscaba algo. Ese chico tenía que estar detrás del dinero, las conexiones, la fama, o incluso hasta el libro de Tita. El chico era bien parecido, inteligente, estudioso y amable, nada puede ser tan bueno y tan fácil en esta vida.

Eduardo trabajó con ella entre clases todo el tiempo que pudo, y en los recesos ella le contaba sobre el libro. Eduardo se enamoró de la historia, y no podía vivir sin ella. Todos los días iba a la hora del receso de Tita para que ella le contara sobre la historia que escribía. Lo que

Tita no sabía es que Eduardo iba confeccionando una propuesta para entregarla a su firma de agentes literarios.

-Entonces te gusta Eduardo...- interrumpía Banchi mientras comía palomitas de maíz y escuchaba sobre el día de Tita.
-Claro que no, si apenas lo conozco hace una semana-
-Sí, pero lo ves más que a mí, y le cuentas tu historia-
-¿Quieres que te la cuente?-
-No, claro que no, siento que es una violación a la privacidad de tu difunta madre, tus tíos podrían demandarte- Banchi se levantó y la dejó ahí en la sala. -Pero si no te gusta Eduardo, te va a gustar pronto si siguen así, yo te conozco, ¿y cómo va eso de que el Licenciado Piper se retira?-
-Yo no te dije nada y tú no sabes nada, porque aún no está materializado, él siempre dice que está harto de todo, pero habrá que ver que lo cumpla- Tita se quedó pensativa leyendo el diario de su madre.

"Otro día y él volvió a visitarme, no tiene sentido esta conexión, cuando hablo con él siento que hablo conmigo misma, como si hablara con el espejo, él responde justo lo que necesito escuchar, que no es siempre lo que quiero escuchar, pero eso es perfecto, porque no hay nada que enamore más que la sinceridad y la honestidad. Al principio me parecía confianzudo, pero en realidad yo también lo era, porque sentíamos que nos conocíamos de toda la vida"

Tita cerró el diario de repente, un poco asustada de lo que había leído, pensó cómo se parecía a lo que vivía con Eduardo, exceptuando, claro, toda la parte del enamoramiento. Sí era cierto que lo sentía cerca, pero como un amigo, igual que como él la sentía a ella. Entonces su teléfono empezó a sonar.

-¿Bueno?-
-Mercedes, soy yo, Eduardo-
-Es Ti... olvídalo, ¿qué quieres?- dijo con una sonrisa, aunque al darse cuenta, la borró de su rostro.
-Quería tu opinión, tienes mucho más tiempo

que yo en esta Universidad y eres una chica- Tita se olía por donde iba la cosa, y se sintió un poco incómoda.

-¿¡Quieres consejo de chicas?!- Tita se sonrojó, ella nunca había aconsejado a alguien sobre chicas... bueno, solo a Banchi, pero aconsejar a Banchi era fácil, "si te gusta, es porque no es para tí, porque te gustan las locas"

-En verdad sí, le pedí tu número a Banchi esta mañana y él, muy alegre me lo dió, me dijo que se extrañaba que no lo tuviera-

-¡Es que tú y yo no somos amigos! ¡Solo por leerte mi historia no significa que tengamos una relación de ningún tipo!- Tita colgó el teléfono y golpeó fuerte la puerta de la habitación de Banchi.

-Ey, ey, ¿qué pasa? ¿ya colgaste con tu marido?- dijo Banchi saliendo de su cuarto, intentando contener la risa.

-¿Por qué... por... qué?- decía Tita cada vez más molesta. Banchi la tomó por los hombros y besó su frente, eso siempre la calma. Ella tomó aire y se calmó.

-Era broma lo de tu marido, solo pensé que a ese

pobre muchacho le convenía tener una amiga, y una amiga como tú, buena, cariñosa, sincera- en ese momento Tita recordó cómo lo trató y se sintió muy mal, entonces se fue a su cuarto y se tiró en la cama a llorar... nadie sabe por qué.

Al día siguiente, Tita se despertó muy tarde, cuando salió de su cuarto, ya Banchi se había ido y se había llevado el auto. Iba por la calle distraída, pensando en lo que Banchi le había dicho, cuando escuchó la bocina de un camión que venía hacia ella. Logró esquivarlo de milagro, y llegó a duras penas muerta del susto, a la universidad. En el restaurante buscaba a Banchi por todas partes, y no lo encontraba, pero ahí estaba Eduardo.

-¡Mercedes! ¡Estás pálida! Entiendo que no sea tu amigo, pero sí me preocupas- Tita, con lágrimas en los ojos lo abrazó fuerte y él a ella, y su vida tuvo un antes y un después.

-Fue como despertar de un hermoso sueño, como si me estirara habiendo descansado plenamente, como quedarse en cama un día frío, bajo las sábanas, como derretirse y convertirse en un charco de agua flotante, como si nadie pudiera dañarte, se me olvidó la muerte de mis padres, se me olvidaron mis enojos diarios con los meseros, se me olvidó que estuve a punto de morir en medio de la calle como mis padres. En ese instante y por un momento, fui completamente feliz- Banchi escuchaba atento a Tita contar su experiencia.

-¿Y esta es la parte donde me pongo celoso o falta más?-

-No, no, tú eres mi mejor amigo, y me encantan tus abrazos, pero es que... no sé cómo explicarlo, no me había sentido así antes-

-Entonces te gusta Eduardo-

-Por favor Banchi, claro que no, es diferente, no es como con mis crushes cuatrimestrales, es raro-

-Bueno, ¿y qué pasó cuando te abrazó?- dijo Banchi para volver al chisme, entonces Tita suspiró y se transportó de vuelta.

-Lo abracé más tiempo del normal y luego nos miramos a los ojos, él me sonrió, y sentí que mis problemas no existían, luego me dí cuenta y me alejé de él avergonzada, él solo se rió, porque mi reacción le pareció cómica, y en retrospectiva, lo fue, pero me dió mucha pena así que me fui corriendo-

-No entiendo, entonces fuiste solo tú, él no sintió nada-

-Claro que no, él...- Tita se sentó cabizbaja un momento. -No creo que él vaya a sentir nada por una huérfana como yo- Banchi le levantó la cabeza y la miró a los ojos.

-Una huérfana hermosa, talentosa, y super cool, pero está bien si solo quiere ser tu amigo, puedes tener todos los abrazos que quieras sin la presión de tener un novio- no era exactamente lo que Tita quería oír, pero ella no iba a decirle eso a Banchi.

-Oye sí, todo el beneficio sin el problema-

-Ahora me respondes algo-

-Claro Banchi, lo que quieras-

-¿CÓMO ES ESO DE QUE TE IBAS A MORIR?-

-Ah sí, cuando llegué te estaba buscando a ti, estaba muy asustada, porque crucé la calle distraída y un enorme camión casi me deja como una estampilla en medio de la calle, pero reaccioné a tiempo-

-¿Cómo andas así en la calle?- decía Banchi

agarrando su cabeza.

-Es que tú te llevaste el auto y me dejaste en casa- Banchi bajó la cabeza, sintiéndose horrible, recordando que en la mañana había estado tarde y se había llevado el carro sin pensarlo mucho. Entonces la tomó por los hombros y besó su frente.

-Mañana pedimos un préstamo al banco y compramos otro auto, ¿sí?- Tita asintió con una sonrisa.

El año avanzó y la amistad de Eduardo y Tita iba creciendo exponencialmente. Sus actividades preferidas eran ir al cine, leer el diario de su madre, trabajar en la estructura del libro, trabajar en el restaurante, iban juntos al gimnasio, tenían una amistad fuerte y bonita, pero nunca tan bonita como la amistad de Eduardo y Banchi. A Banchi definitivamente no le importaba estar en el medio de ese par, cualquiera que sea su conflicto, más bien lo disfrutaba. Banchi era feliz al verlos felices, y estaba convencido de que ellos eran más felices cuando estaban los dos solos. Entonces Banchi les tendía trampas: los plantaba cuando iban a ir al cine los tres, se rehusaba a escuchar cuando iban a leer el diario y se encerraba en su habitación, se inventaba excusas para que Eduardo lo cubriera en el restaurante, los dejaba plantados igual cuando iban juntos al gimnasio, pero no se imaginaba que lo bueno apenas empezaba.

El Doble Confidente

"Lo que más me gusta de él es lo directo que es, lo seguro que es, pero claro, tiene que serlo para estar con una mujer como yo. Me encanta que puedo contarle todo. Hoy le dije cómo me sentía y se quedó mudo, se lo repetí por si no me había escuchado y me sorprendió con un beso. Un beso tierno y suave, largo, que me hizo volver a nacer y marcó un antes y un después en mi vida"

-Wow, eso es hermoso, ¿y ya sabes como vas a escribir esa parte?- Eduardo y Tita discutían sobre el libro cuando llegó Banchi.
-Hermano, vine a buscarte, sabía que te encontraría aquí, tenemos clases, venga- dijo tomando a Eduardo por la camisa. Cuando ya se habían alejado, Banchi se detuvo. -Ok, te necesitaba lejos, quiero que me cuentes tu versión de qué pasó ayer cuando llegó Tita al campus-
-Claro, ella llegó súper pálida, y yo me preocupé, entonces se veía como que iba a llorar y pues le dí un abrazo, pero al momento ella me empujó y se

puso rara y se fue-

-¿Eso y ya? Le diste un abrazo normal porque estaba llorando y ella te empujó y se fue-

-Sí, hasta cómico se vio, porque realmente parecía que necesitaba un abrazo, pero luego solo se fue, pensé que se le había olvidado algo, pero igual se veía que se sentía mejor, igual te buscaba a tí... por? ¿Ella dijo algo?-

-No, no, eso mismo- dijo Banchi pensativo, su amiga se lo estaba inventando todo en su cabeza. Pero sí es cierto que la hacía feliz. Banchi y Eduardo fueron juntos a clase, y luego ambos fueron a ayudar en el restaurante. -Todo es más fácil y tranquilo desde que Eduardo empezó a ayudarnos, ¿no?- dijo Banchi recostado del mostrador.

-Pues no te miento, sí es super cool que nos ayude y gratis!-

-¿No se te ocurre por qué?- Banchi sabía que no era porque él gustara de Tita, pero no perdía oportunidad para verla feliz. Tita se sonrojó y se fue a la cocina y dejó a Banchi en la registradora. Lulú era una mesera que estudiaba diseño gráfico, que se había hecho muy amiga de Tita.

Ella vio a Tita entrar sonrojada a la cocina y sabía que Banchi tenía algo que ver.

-Banchi, Banchi, Banchi, tú otra vez ¿qué le dijiste ahora?- Banchi sonrió y tomó a Lulú por la cintura y la acercó a él.
-Le dije que lo nuestro iba en serio y que tú y yo le daríamos muchos sobrinitos- dijo besando su nariz. Lulú se echó a reír. Lulú era de ascendencia francesa, con el pelo castaño oscuro, corto, y unos ojos azules penetrantes, tenía unos labios rojos y carnosos y siempre llevaba una boina.
-Pero Banchi, lo de nosotros no puede ser, amor, porque primero, aunque no quieras decirlo, y por más mujeres que lleves a la cama, tú amas a Nicole, y segundo, yo a ti... no es que no me caigas muy bien, pero me das...risa, eso es- dijo antes de soltar otra carcajada. Banchi sonrió y la jaló por la cadera de nuevo a lo que Lulú respondió con una sonrisa.
-Eso dices ahora, pero si yo...- Banchi se fue acercando a su cara, pero los dos se rieron cuando ya estaban muy cerca. -Nah, tienes razón, tú eres demasiado fiestera y yo muy

celoso- dijo levantando una ceja.

-Iré a llorar por lo que pudo haber sido- dijo Lulú con una mano en la frente, y se dirigió a la cocina a buscar una orden. Luego Eduardo se le acercó.

-Iván, qué linda es Mercedes por dejarme ayudar-

-¿Linda? Si estás trabajándole gratis-

-No, realmente no, mi recompensa es estar cerca de...- Eduardo miró a todos lados y se acercó para susurrarle a Banchi. -...de la chica que me gusta- Banchi se asombró, pero juraba haber entendido mal.

-Te... a ti... ¿Te gusta una chica?- dijo Banchi asombrado, aunque no lo suficiente para ofender.

-Sí, y mucho, pero ella no lo sabe, ni pretendo que se entere, ademas me trata de lejos como si no quisiera ser mi amiga, no sé-

-¡Ya dime de una vez quién es!- decía Banchi impaciente.

-Es que...es tu amiga y me daría pena que estuvieras en el medio de los dos, además si lo intento y no funciona, de seguro te quedarías de su lado y sabes que eres mi único amigo de verdad- Banchi empezaba a hiperventilar con las palabras de Eduardo. ¿Es posible que Tita no lo estuviera inventando sino que Eduardo no era completamente sincero con él para no meterlo al medio?

-¡Tienes que decirle a Tita!- gritó sin pensar, pero luego se cubrió la boca. Eduardo se sonrojó.

-¿Tú crees? Una vez lo intenté, pero creo que no me entendió y colgó el teléfono-

-¡Para eso me pediste su teléfono! Claro, lo recuerdo-

-¿Entonces sí crees que debería platicárselo?- dijo Eduardo un poco avergonzado.

-No aquí, ni ahora, debes crear el ambiente-

-Entiendo, no quiero que se lleve una mala idea, ni que se enoje conmigo como cuando me colgó-

-Exacto, yo invito, llévala a este restaurante, es su favorito- Banchi le escribió el nombre y la dirección del restaurante. -Haz una reservación a tu nombre y diles que lo pongan en mi cuenta- Eduardo tomó el papel muy emocionado y fue a hablar con Tita. Banchi los observaba de lejos, Tita se emocionó y lo abrazó largo una vez más y Eduardo se reía avergonzado.

-Y entonces me dijo: "Tengo que decirte algo muy importante, y me encantaría hacerlo en medio de una cena esta noche en QAVA" ¡EN QAVA! Mínimo tú le dijiste que era mi restaurante favorito, porque yo no fui- le decía Tita emocionada a Banchi mientras se probaba diferentes atuendos.

-Claro que yo le dije, él me comentó algo y yo le dije que tú debías saberlo, de hecho me dijo que te había llamado antes para decírtelo, pero le colgaste el teléfono-

-Ah... es eso...- dijo Tita desanimada.

-¿Qué pasó?-

-Es que él llamó el otro día para hacerme una pregunta sobre chicas-

-EXACTO- dijo Banchi como si fuera obvio. Tita lo pensó un momento y volvió a emocionarse y saltaba de felicidad.

-Entonces te gusta Eduardo-

-Ok, hace mucho que no salgo a cenar, y es como amigos-

-Vamos a QAVA todos los sábados en la noche...-

-Bueno, tal vez ya estoy cansada de ti- dijo Tita sacándole la lengua. Banchi la agarró de golpe por los brazos como si estuviera furioso, le sonrió y la besó en la frente, ella se calmó y se fue a su "cita?".

Una vez en el restaurante, Eduardo no aparecía, ella preguntó en la entrada si había una reservación a nombre de Eduardo y le dijeron que sí, y la hicieron pasar, ella pidió, su entrada favorita, calamar frito, en salsa de limón y se los había comido todos para cuando Eduardo apareció. Pero ya ella estaba acostumbrada a que Eduardo nunca llegara a la hora estipulada, igual, ella lo esperaría 24 horas si fuera necesario, solo para escuchar lo que ella creía que escucharía.

-Lo lamento muchísimo Mercedes, me tomó más tiempo arreglarme del que tenía pensado y luego el taxi no encontraba la calle-
-Claro, no importa, si no tuve que esperar mucho, llegué hace poquito- dijo escondiendo el plato vacío debajo de la mesa.
-¿Y si pedimos una entrada?-
-No, qué va, si igual solo viniste a decirme algo rápido, pidamos la comida de una vez- Eduardo y Tita ordenaron y, en lo que esperaban la

comida, Tita miraba atontada a Eduardo. El chico era muy elegante y se había vestido de traje porque Banchi le había dicho que era un restaurante super elegante.

-Mercedes, ok, lo que tengo que decir es delicado, intenté decírtelo el otro día, pero fue un poco incómodo- Tita se sacudió, Eduardo la miraba con esa sonrisa encantadora que tiene.

-No hay problema Eduardo, dí lo que quieras-

-Lo que quiero es agradecerte-

-Un momento...¿qué? ¿Agradecerme qué?-

-Por dejarme pasar tanto tiempo en el restaurante, para estar cerca de la chica que me gusta- Tita abrió los ojos... no sabía qué decir.

-Te... a ti... ¿Te gusta una chica?- dijo asombrada. Eduardo se echó a reír y la tomó de la mano.

-Sí es cierto que Banchi y tú son la misma persona, eso mismo dijo él, pero sí, me gusta una chica y mucho-

-¿Y la conozco?- dijo haciéndose la tonta.

-Creo que si, se llama Patty, va cada segundo libre que tiene al restaurante, casi vive ahí, debes conocerla- Tita se levantó sin decir nada, fue al baño y se miró al espejo un largo rato. Después de todo ella tenía razón, no tenía por qué sentirse mal, porque ella siempre lo supo. Pero tampoco podía enojarse con Eduardo, porque fue culpa de Banchi por llenarle la cabeza de ideas locas. Cuando se dio cuenta, estaba llorando, necesitaba que Banchi le diera un beso en la frente, pero él no estaba allí. Secó sus lágrimas, volvió a la mesa y pidió la cuenta. -¿No vamos a comer?-

-Te dije que no era realmente necesario, ya me dijiste lo que querías decirme, y pues... de nada, ahora si me disculpas tengo que irme, nos vemos mañana... oh, por cierto, si te gusta Patty y siendo tan amigo de Banchi como eres, te digo que ella no te conviene, pero honestamente no me interesa- Tita se levantó de la mesa y lo dejó ahí... él no fue tras ella, él no dijo nada, solo se quedó ahí. Tita pidió un taxi y se fue a su casa, entró en su habitación y empezó a llorar en la cama, su corazón dolía, su pecho no la dejaba respirar y era imposible secar toda el agua que salía de sus ojos. Banchi tocó a su puerta varias veces, pero ella no le abrió...

El Escándalo de Eduardo

Tita lo pensó mucho antes de ir a trabajar al día siguiente. Banchi estaba preocupado, no sabía qué había pasado la noche anterior, y Tita no le dirigía la palabra. Al llegar a clase vió a Eduardo y ambos se acercaron corriendo.

-¿Qué le pasó a Tita?- dijeron ambos al mismo tiempo. Banchi lo miró confundido.
-Tú nunca le dices Tita-
-Es solo para molestarla, pero anoche creo que se molestó de verdad-
-Ok, a ver, dime exactamente qué le dijiste-
-Le conté que me gusta Patty- susurró Eduardo. Banchi se quería morir, ahí, en ese momento, cerrar los ojos y no volverlos a abrir, él se levantó y fue un momento al baño, pero a este sí lo podía seguir Eduardo.
-Tita me va a matar... no, yo mataré a Eduardo... no, es que él nunca me dijo nada concreto, es cierto... y dijo que era mi amiga... yo no soy amigo de la loca de Patty... tengo que hablar con Tita-

cuando Banchi se volteó Eduardo estaba parado detrás de él.

-Ustedes a veces me asustan, cuando le dije a ella, hizo esto mismo, pero a ella no la podía seguir al baño, me puedes decir qué pasa con que me guste Patty-

-Eh, bueno... yo... es que Patty está un poquito loca, está bien buena, pero un poco loquita- Eduardo sonrió, se lo creyó, pero claro era que no le importaba.

-No te preocupes, eso no me molesta, Tita también me dijo que no era para mí, pero no es como que estoy enamorado... solo me gusta- Banchi sabía que la mejor forma de que lo supere era un Patty-escándalo, así que asintió y lo tomó por los hombros.

-Yo te ayudaré a conquistar a Patty, lo primero que haremos es hacerle saber que le gustas así que hoy te sentarás junto a ella-

Banchi y Eduardo pusieron el plan en marcha. Eduardo se sentó junto a Patty y le hacía preguntas sobre sus notas. Patty, se recostaba sobre su hombro y él chocaba puños discretamente con Banchi. Cuando terminó la clase, Eduardo estaba seguro de que la tenía ganada, pero Banchi tenía otros planes.

-Eduardo, suerte en tu cita de hoy- dijo Banchi asegurándose de que Patty lo escuchara.
-Iván, ¿de qué hablas?- le susurró Eduardo. Banchi le guiñó el ojo.
-Tú sígueme el juego- susurró Banchi. -Qué lástima que tengas todas estas noches ocupadas, pero me alegro por tí, amigo- dijo dándole una palmada en la espalda. Patty no aguantó y se acercó a ellos.
-Qué pena Eduardo, esperaba que pudiéramos salir esta noche- dijo abrazando el brazo de Eduardo. En ese momento el celular de Banchi sonó.
-Claro... no me digas... sí, él está aquí...- Banchi se despegó el teléfono y le guiñó el ojo a Eduardo una vez más, sin que Patty se diera cuenta. -Eduardo, es mi amiga, con la que vas a salir esta noche, suena enfermita, habla con ella- Eduardo tomó el teléfono sin entender nada y caminó lejos de ellos. Cuando habló, nadie le respondió. Miró el teléfono y había sido un cronómetro puesto por Banchi para que el teléfono sonara,

entonces entendió todo y se rió, y pretendió que hablaba con alguien. Mientras, Banchi hacía su magia. -Hola Patty, entonces quieres salir con él, ¿no?-

-Bueno, no está nada mal tu amigo, Banchi-
-Sí, lo sé, es amigo mío, y eso se pega-
-¿O sea que te hiciste amigo de él para que se te pegue su lindura?- Banchi y Patty reían.
-No sé si pueda salir, todas las chicas quieren salir con él, y no creo que vaya a hacer un hueco por tí, por favor- Banchi le hizo señas a Eduardo por detrás y él volvió.
-Patty, ¿qué crees? Cancelé mi cita de esta noche para que salgamos tú y yo- dijo Eduardo tomando la barbilla de Patty entre sus dedos. Patty se emocionó y se apresuró a arreglar la hora y el lugar, y luego se fue saltando.
-Wow, Banchi ¿cómo lo hiciste? Esta mañana apenas si sabía mi nombre y ahora salta por los pasillos porque va a cenar conmigo-
-Eso no es nada hermano, ella va a pagar la cuenta- dijo Banchi orgulloso.
-¿CÓMO?-
-Mira, Patty es una chica popular, de una familia

adinerada, acostumbrada a tener todo lo mejor, solo había que hacerle creer que tú eras lo mejor y que no podía tenerte, listo, no es muy brillante, bonita sí... brillante no tanto... se ve que son tu tipo- dijo dándole unas palmadas en la espalda.

Eduardo lo miró preocupado, esa no es forma de hablar de una dama, pero la realidad era que conociendo chicas como Tita, era fácil decir que cualquier otra chica era tonta. Luego de clases Banchi bajó a trabajar, sin Eduardo, y se encontró a una Tita triste y desganada.

-Tita, por favor, perdóname-
-Puedes decirlo-
-No, lo siento, en serio-
-Dilo, Banchi- decía Tita casi llorando. Banchi suspiró.
-Entonces... te gusta Eduardo-
-Sí, me gusta Eduardo...- Tita y Banchi se miraron. -...¿y qué?- Banchi sonrió.
-Que él te quiere mucho, pero no te ilusiones, no me gusta verte mal, disfruta de todo lo que él te ofrezca, ¿sí?- Banchi la tomó por los hombros y besó su frente y esto la hizo sentir mejor, ella

asintió y continuaron su trabajo. Banchi no le contó sobre la cita de Eduardo y Patty, y Tita en verdad no quería saberlo.

Al día siguiente Patty y Eduardo llegaron juntos a clase. Banchi, emocionado, le pidió que se sentara a su lado y le contara todo. Eduardo le dió un beso a Patty y fue a sentarse con su amigo y ella se sentó a chismear con sus amigas.

-Es cierto, está loca, no es para mí, Mercedes tenía razón- a Banchi se le caía la cara, sabía que Eduardo no se iba a casar con Patty, pero no sabía que reaccionaría tan rápido. Eduardo parecía realmente asqueado.
-¿Pero qué pasó anoche?- dijo Banchi preocupado.
-Fuimos a cenar, hablamos, nos reímos un poco, tuvimos relaciones, la llevé a su casa...-
-Espera...¿¡QUÉ!?-
-Sí, lo sé, tuve que llevarla hasta su casa-
-¿¡No, no, no, hiciste el amor con Patty?!-
-Claro, si está bien buena, ¿por qué?- dijo Eduardo inocentemente. Banchi se puso las manos en la cabeza, su amigo se había metido

en tremendo problema.

-No puedes terminar con ella-

-Claro que puedo- Eduardo se levantó y se sentó al lado de Patty, le susurró algo al oído por unos segundos, y ella alegremente asintió, se abrazaron y él volvió a sentarse con Banchi. -¿Ves? lo tomó super bien- Banchi no lo creía, pero lo dejó pasar. Al terminar sus clases ambos bajaron al restaurante. Eduardo no sabía cómo Tita lo recibiría, pero al verlo, Tita se alegró y salió a recibirlo, lo abrazó largo y fuerte y él se sintió tan en paz. No había perdido a su amiga.

-Escuché lo de Patty- dijo Tita con un poco de... pena?

-Ya lo sé, lo siento- dijo Banchi antes de que alguien pudiera agregar algo más.

-¿Por qué lo sientes? Aquí la víctima es claramente Eduardo, yo no le creo nada- dijo Tita, abrazando de nuevo a Eduardo.

-Espera... ¿Qué? ¿Creerle qué?- dijo Eduardo alejándola lo suficiente para mirarla a los ojos.

-Oh no, no lo sabes, ya está todo en la página de chismes de la universidad, es todo lo que se ha escuchado en el restaurante el día entero, dos meseras me pidieron un permiso médico incluso- Banchi y Eduardo se miraron asustados. Sacaron rápidamente sus teléfonos y entraron a la página de la universidad.

"EXTRA: EL CHICO NUEVO ME CONTAGIO UNA ETS
Anoche salí con el chico nuevo, Eduardo, el transferido de fuera y primero me emborrachó, luego me llevó a su casa y abusó de mí. Y esta mañana sentí algo raro en mis partes íntimas, ¡creo que tengo una enfermedad! #NoEsNo #TeniaQueSerDeFuera #AquiNoSeHaceAsi #LasETSSonSerias"

Eduardo no podía creerlo, Patty estaba mintiendo, ella se le abalanzó primero, y él la había llevado a un hotel de lujo, no en casa de él, luego la acompañó a su casa. Su único error fue acostarse con ella en la primera cita y cortar con ella seguido. Pero a todo esto, Eduardo lo vió y se enojó brevemente, pero miró a Tita, su cara preocupada, y se sintió raro.

-¿No le crees? Tú eres mujer, y la conoces a ella desde hace más tiempo que a mí-
-Soy mujer, así que me imagino que si se acostaron y que ya terminaste con ella, y sí la conozco de antes, así que sé que se está inventando todo lo demás- Eduardo sonrió y la abrazó, y ella se derretía en sus brazos, Banchi se unió al abrazo, porque nada lo había afectado.
-La próxima vez te haré caso- dijo Eduardo un poco avergonzado.
-Eso es lo que Banchi siempre dice... y vuelve y cae- les arrojó un delantal a cada uno en la cara y ellos alegres se los pusieron y se dirigieron a trabajar.

Los próximos días en la escuela fueron incómodos para los tres. Banchi y Tita recibían todo el chisme, pero sabían que no era verdad, y Eduardo... bueno, a Eduardo nadie quería ni hablarle, pero como él decía, esto lo ayudó a diferenciar a sus amigos de verdad. Luisa, la camarera con la que Tita se iba de fiestas seguido, le dió una idea.

-Ok jefa, me da muchísima pena el pobre

Eduardo, porque aquí entre usted y yo, mucha gente sabe que Patty es una mentirosa, pero les fascina el chisme. Lo que hay que hacer es combatir chisme con más chisme, solo que uno más jugoso-

-Te escucho Lulú, ¿qué tienes en mente?-

-¿Me presta su celular?- Tita, le pasó su celular, intrigada.

"EXTRA: PATTY EN BANCARROTA
La popular y adinerada Patty, de la escuela de Literatura, se ha visto pidiendo limosna y comida en el restaurante del campus. Se rumora que luego de descubrir que tenía una ETS, sus padres le hicieron pruebas al chico con el que ella se había acostado y este estaba sano. Los padres de Patty estaban tan furiosos que congelaron todas sus cuentas. #ChicaRicaPobre #SalvenAPatty #LaEnchiladaFelizEsCaritativa #LasETSSonReales"

Lulú le devolvió el celular a Tita y ella, mientras reía a carcajadas, presionó enviar. Más rápido de lo que puedan decir EDUARDOESINOCENTEYAHORATODOSLOSA

BEN, la gente iba y saludaba a Eduardo de nuevo. Eduardo y Banchi no entendían lo que había pasado, y entraron a la página de chismes, y vieron el chisme sobre Patty. Eduardo casi llora, había algo que quería hacer hace tiempo y hoy era el momento.

-¿Quisieras ir a ver una película conmigo?- dijo Eduardo recostado en el mostrador, todo sexy.
-Ehm, bueno, yo... ¿por?-
-Es que tengo algo que decirte, estaba buscando el mejor momento, pero con todo esto de Patty no sabría qué dirías, pero yo sé que tú fuiste la que subió ese chisme sobre Patty, así que no hay mejor momento que esta noche... luego de una película- Tita, estaba a punto de llorar, era exactamente lo que ella estaba pensando... o eso creyó hasta que apareció Banchi. -Hey, Banchi, vamos a ver una peli esta noche, ¿vienes?-
-Claro, me encanta el cine, están dando una muy tierna de unos bebés... ¡Storks! ¡Veamos esa!-
-Pero no nos vayas a dejar plantados de nuevo ¿ok?- dijo Eduardo cruzado de brazos.
-No, no, esta en serio que quiero verla- dijo Banchi emocionado sin notar como se escapaba el entusiasmo de Tita.

Al llegar a su casa, Tita se dejó caer en el sofá. Banchi la miraba preocupado, a Tita le encanta ir al cine con Eduardo.

-Tita, ¿irás al cine así? ¿No piensas ponerte algo más abrigado al menos?-
-No voy a ir-
-Pero si escuché a Eduardo decir que te quería decir algo importante. Esta vez no voy a asumir nada, pero... es importante-
-Te refieres a que NOS quiere decir algo importante-
-Oh wow, ¿todo esto es porque yo voy, no?-
-Siempre te haces de la vista gorda y nos dejas solos, pero esta vez le prometiste ir-
-Ey, un momento, nunca lo prometí, solo dije que en serio quería ver esa peli... y es cierto-
-Pues me cuentas luego qué quería-
-¿En serio te pondrás así solo porque no te dejo sola con él?- Tita no quería admitirlo así que no dijo nada y abrió el diario de su madre. Banchi se encerró en su cuarto y no salió en un buen rato.

"Soy la chica más feliz del mundo, ayer él me dijo que me ama, ¡por primera vez! Estaba ebrio, eso es cierto, ¡pero no me importa! Nunca se lo diré, ese será mi secreto, y lo guardaré cerca de mi corazón hasta que él tenga el valor de decírmelo estando sobrio"

-Voy a ir, no importa que vayas- dijo tocando la puerta de Banchi.

-¿Por qué no te decides?!- dijo Banchi un poco molesto. -Ya había llamado a Eduardo diciéndole que estaba enfermo y no podía ir-

-¿Y... qué te dijo?- dijo interesada entrecerrando los ojos.

-Me dijo que está bien, que no era problema, que iría solo contigo- las mejores palabras que Tita había escuchado en un buen tiempo. Se arregló un poco, tomó su abrigo y se fue a su "cita".

Eduardo la esperaba en la entrada, su sonrisa al verla llegar hubiera confundido a cualquiera. Se ofreció a pagar su boleta, de hecho, ya la tenía comprada cuando ella llegó. Le compró una caja grande de palomitas de maíz y entraron. Esa noche hacía un frío espectacular en esa sala de cine, lo que le daba a Tita la oportunidad de acurrucarse junto a él. Un hombre sensible, una mujer enamorada, viendo una película sobre bebés... no debo decir más. Al final, salieron y buscaron una mesa, Eduardo la tomaba de la mano y miraba profundo dentro de sus ojos, sin duda una noche inolvidable.

-Mercedes, eres mi mejor amiga- ¡NO NO NO DETENTE! ¿¡Amiga?! Ay no.
-Sí... y tú eres un gran amigo también, ¿eso era lo que querías decirme?- dijo Tita, que parecía calmada, pero se moría por dentro.
-No, no era eso, pero eso justifica lo que hice-
-¿¡Qué hiciste?!- ya Tita empezaba a asustarse.
-¿Ves cómo me has leído el diario de tu madre, esa bella historia sobre la que estás basando tu novela?-
-Si...-
-Hice una propuesta y la entregué en la firma para la que hacía pasantías, la que me trajo aquí....Y LES ENCANTÓ!!- todos en la plaza los observaron, Eduardo no podía contener la emoción. Y Tita tampoco.
-¿¡LES GUSTÓ?! ¿MI OBRA? ¿A LA FIRMA MÁS

IMPORTANTE DE TODO EL PAÍS?- Tita gritaba y saltaba y abrazó a Eduardo, entonces él hizo algo que le pareció super extraño. Mientras reía, la detuvo y la tomó por los brazos y besó su frente. Tita se detuvo, atónita. No se sintió como los besos de Banchi, se calmó, pero de la impresión, sintió una descarga eléctrica que recorría su cuerpo desde su frente hasta los dedos de sus pies. Su sonrisa se desniveló, no sabía si sonreír, o asustarse, o llorar, o gritar de emoción... esto olía a Banchi.

-Ya, tranquilízate- dijo mientras la miraba sonriente.
-¿Banchi te dijo que hicieras eso?- dijo soltándose y bajando la cabeza.
-No, ¿que hiciera qué?- Tita sonrió con la cabeza agachada, apreciando las pequeñas victorias. -Otra cosa, me ofrecieron volver como Editor Junior de la firma y me dijeron que puedo llevar tu caso, o sea, no solo serás mi mejor amiga, sino que además seré tu editor!-
-Ahí tendremos un problema- dijo Tita pensativa.
-¿Por qué? ¿Qué pasó? ¿No te gusta la idea?-

-Es que desde que conocí a Banchi en secundaria, él siempre ha soñado con ser mi editor, incluso me ha impulsado para que siga su ejemplo y escriba algo, solo para él editarlo, le da mucha ilusión, y no puedo decirle ahora que nuestro amigo nuevo le quitó el puesto-
-No es la única obra que vas a escribir, solo dime que sí y será...- Eduardo se acercó a su cara... demasiado cerca. -...Nuestro pequeño secretito- Tita hizo lo posible por no desmayarse y solo asintió. Él, emocionado, la abrazó fuerte y volvió a tomarla de la mano.
-Espera, deja grabar un video, le prometí a Banchi que me portaría bien- Eduardo se extraño, eso ya sí era muy raro, pero igual Tita sacó su celular y grabó un video diciendo lo bien que se había portado y pidiendo la confirmación de Eduardo... quién, algo incómodo, se la dio. Entonces cada quien se fue a casa.

La Cena Improvisada

Tita llegó a casa y tiró la cartera en el suelo, daba vueltas como si bailara, como si flotara. No hay sentimiento más hermoso que estar enamorada. Y aunque Eduardo parecía no compartir su sentimiento, su situación era única, porque amaba a un chico sensible, cariñoso y atento que la quería mucho... y para ella eso era casi suficiente. Mientras daba vueltas por la casa chocó con Banchi y él la atrapó, quedando frente a frente.

-Veo que te fue bien- dijo Banchi con una sonrisa.
-Ví el video que me enviaste-
-Bien es poco, fue la mejor noche de mi vida...- la emoción de Tita bajó considerablemente. -...Pero tengo que olvidarlo Banchi, él solo me ve como una amiga, su mejor amiga, y yo no quiero ilusionarme y sufrir-
-Tita, tú eliges qué hacer con tus sentimientos, lo ideal sería que te olvides de él y solo sean buenos amigos, pero no es tan fácil. Pero puedes seguir

así, dejando que él te haga soñar, pero sabiendo en tu corazón que no es real- Tita lo pensó un momento, y volvió a sonreír, tomó a Banchi de la mano y bailaron por toda la casa.
-Prefiero soñar, Banchi, mientras aparece quien es para mí, me conformo con la prueba gratis- Banchi reía y bailaba con ella, mientras ella fuera feliz, Banchi sería feliz igual.

Las próximas semanas Tita y Lulú salieron diario de fiesta, a veces con Banchi, pero nunca con Eduardo. Tita había determinado que Eduardo era para verlo en la universidad, no quería ilusionarse demasiado. Salir con Eduardo le hacía daño, sentirlo tan cerca era el más delicioso veneno. Cada abrazo era una puñalada con anestesia. Cada mirada como una promesa vacía de un futuro feliz juntos. Era más seguro irse de rumba con Lulú, dejar que le presentara a sus amigos, bailar con otros hombres que no le hacían cosquillas, sentirse por un momento como el verdugo y no solo como el condenado. Un día Lulú tuvo una idea demasiado sana para ser cierta.

-Jefa, ¿a usted le gusta el vino?- dijo Lulú avergonzada.

-Pero claro, me apunto, ¿a donde vamos hoy?-

-Mi papá tiene un viñedo en las afueras de la ciudad, como a una hora de aquí, y hay un evento esta noche, quería saber si me podría acompañar- Tita la miró con ternura, aunque a veces no lo quiera admitir, Lulú es su mejor amiga, y haría lo que sea por ella.

-Claro que sí, ¿a qué horas me recoges?- Lulú no podía creerlo.

-Ok, ok, paso por usted a las 7! Ay gracias jefa, no sabe lo aburridos que pueden ser esos eventos sin compañía-

En la tarde Tita se arreglaba para salir, y Banchi la miraba de arriba a abajo. Estaba hermosa, y eso no le molestaba para nada, disfrutaba de verla, de alabar su belleza, a ver si podía hacerla sonreír. Banchi no tenía ningún problema con que ella saliera, con que bailara con otros hombres, con que se divirtiera con quien sea, le encantaba verla relacionarse con otras personas, pero sabía que ella no era feliz.

-Tita, vas a salir de nuevo con Lulú- dijo sacudiendo su cabeza decepcionado.
-¿Lo dices o lo preguntas?-
-Lo sé, intenta por lo que más quieras divertirte, vuelve a casa con una sonrisa, ¿sí? regálame eso-
Tita le sonrió.
-Te amo hermano-
-Y yo a ti, hermanita, no hay mejor familia que la que se elige ¿no?- ella lo abrazó contenta y escuchó la bocina del carro de Lulú afuera. -ME LA CUIDAS!- le gritó a Lulú mientras Tita corría hacia el auto.

-¿Por qué nunca supe que tu papá tenía un viñedo? eso es super cool-
-No, no lo es, al principio crees que significa que tengo una dosis ilimitada de vino para mí... y es cierto, pero no es lo mismo beber con tus padres que con un buen amigo-
-Pero me imagino que te llueven los amigos-
-Por eso no lo menciono nunca, porque la gente solo quería ser mi amiga por el vino gratis y eso es molesto, ademas los que no querían vino gratis, querían embriagarme para tener fotos embarazosas de la hija de uno de los

productores de vino más importantes del país-
-Wow, ya pasamos de "mi papá tiene un viñedo" a que es uno de los productores de vino más importantes del país, pero no te preocupes, me agradabas antes de saber que puedo exprimirte-

Ambas reían y hablaban todo el camino, Tita le contó toda la historia de Eduardo. Lulú, para ser sinceros, ya lo sabía todo, pero prefería escuchar la versión directa de Tita. Los sentimientos de Tita por Eduardo eran tan obvios que todos en el restaurante se habían dado cuenta... todos menos Eduardo. Pero igual, Tita se enamoraba todos los cuatrimestres y Eduardo había sido la víctima de los últimos tres, o eso creían.

-Entonces de verdad te gusta Eduardo-
-¡¿Por qué todos me dicen eso?!-
-Pero tengo razón... ok, mira, es aquí- entraron a unas tierras con un gran portón plateado. Parecía una mansión de telenovela. Lulú fue a presentarla con su padre, un señor que personificaba la frase "rico en vino". Era alto, con un pelo lacio y blanco y un bigote francés, llevaba una boina y una sonrisa gentil. -Pappa,

pappa, esta es Tita, mi amiga de quien te hablé-

-Tus modales Luisa, ¿esta es tu jefa?- Lulú bajó la cabeza.
-Lo siento Pappa, ella es Mercedes, mi jefa-
-Hola Pappa, realmente sí soy su jefa, pero ella no es solo mi empleada, es también mi mejor amiga, y una talentosa ilustradora, debería estar muy orgulloso, de seguro sacó el talento de usted, pues se ve que usted es un hombre con muchas virtudes- Lulú la miró extrañada, no conocía esa faceta aduladora de Tita. Pero el padre de Lulú sí aceptó los halagos y se engrandeció un poco.
-Pues sí, estoy muy orgulloso de ella, incluso le pedí que viniera a este evento porque le tengo una sorpresa- el señor se retiró un momento y Tita y Lulú se miraron curiosas. El señor volvió con una botella de vino que tenía dos dibujos en la etiqueta, uno era una mariposa, no muy bien dibujada, se veía infantil, pero se notaba que era una mariposa; el otro también era una mariposa, pero esta sí estaba bien dibujada, con sombras y detalles y textura. Lulú vió la botella y la tomó con delicadeza, y empezó a llorar, su

padre abrió los brazos y ella corrió a abrazarlo. Tita solo se quedó ahí parada, viendo la mariposa fea y la bonita, sabía que a Lulú le gustaban las mariposas, pero no era para tanto. Pero el padre de Lulú se dio cuenta de que Tita no comprendía.

-Esta mariposa fue el primer dibujo hecho por Luisa cuando tenía tres años, muy impresionante, lo sé- dijo mientras aún la abrazaba. -El otro es un dibujo de una mariposa que me hizo para convencerme de que la dejara estudiar diseño gráfico- entonces Tita entendió todo. Lulú quería escapar del mundo de los viñedos, pero a la vez buscaba la aprobación de su padre y el colocar su primer dibujo, como una muestra de donde empezó todo y colocar al lado el otro, como una muestra de a donde a llegado, es una forma de él demostrarle a ella y al mundo, lo orgulloso que está, que bonito.

-O sea, que este evento es para ella ¿no?- dijo Tita esperando no dañar el momento.

-Claro que sí, bueno, realmente es el lanzamiento de mi nuevo vino, PRIDE, pero como ilustradora de la etiqueta, también es su noche-

-¡Ilustradora de la etiqueta!- Lulú lloraba y saltaba de alegría.
-Claro que sí, mi amor, y un 5% de cada botella vendida irá directo a tu fondo de herencia- Lulú y Tita se miraron un momento.
-¡¡¡SOY/ERES RICA!!!- se gritaron al mismo tiempo, se abrazaban y saltaban. Entraron a la fiesta y destaparon unas botellas de PRIDE, era un vino exquisito, sin duda que Lulú se haría rica con ese 5%. Tomaron unas cuantas botellas y salieron al jardín, Lulú estaba super ebria, Tita aún no tanto.

-Titita, gracias por venir conmigo, eres sin duda mi mejor mejor mejor amiga en todo el mundo- dijo tirándose en el césped, mirando las estrellas.
-Fue un placer, Lulú, tu y yo, amigas, en la riqueza y en la pobreza-
-¿Sabes con quién me encantaría compartir este momento?-
-A ver, cuéntame- dijo Tita tirándose a su lado.
-Ayyy, con el papasote del Licenciado Piper-
-¿El de literatura?-
-Ay sí, está buenísimo, ¿no?-

-Ummm, claro que sí, él es mi amigo, y hace lo que yo le pida-
-Mentirosa, él no tiene amigos ni hace lo que nadie le pida-
-Ya verás, lo llamaré ahora- Tita sacó su teléfono y entrecerrando los ojos, porque todo lo veía doble, encontró el teléfono de Piper.
-¡¿Tienes su teléfono?!- dijo Lulú asombrada.

-Shhhh, está sonando... ehm- Tita aclaró su garganta para no sonar ebria y Piper levantó el teléfono. -PIPE PIPE! ¿Cómo estás compañerito?- Lulú intentaba no estallar de la risa.
-Sí... buenas... ¿quién es?-
-¡Soy yo Tita, del restaurante!-
-Oh claro, cuéntamelo-
-¿Qué vas a hacer esta noche?-
-¿Yo? Pensaba cenar en casa con un poco de vino y corregir tareas-
-Pues no, vienes a una fiesta en un viñedo, conmigo y con Lulú, hay vino graaatiiiis-
-Envíame la dirección-
-Ese es mi chico- Tita colgó y le texteó la dirección. Lulú aún la miraba sin poder creerlo.

-En serio hiciste eso-
-Sip, no sé bien por qué... pero sip- Lulú fue un momento al baño y Tita cerró los ojos un minutito. Al abrirlos, Piper, Lulú y Eduardo la estaban mirando. -¿Es un sueño?-

-No, no creo, me encontré al licenciado en la entrada- dijo Eduardo conteniendo la risa.
-Por favor Eduardo, dime Piper... pero sí, tú me ofreciste buen vino, y gratis, así que aquí estoy-
-Lo siento Tita, estabas roncando así que mejor te dejé ahí hasta que despertaras- dijo Lulú ayudándole a sentarse pero igual o más ebria que antes. A Tita, con la siesta, se le había bajado la borrachera, pero nadie tenía por qué saberlo. Estaba muy avergonzada por haber llamado a Piper, y era más sencillo culpar al alcohol.

Todos fueron juntos a la fiesta. Tita descubrió que Lulú había invitado a Eduardo para no sentirse tan incómoda con Piper ahí, pero a Tita no le importaba, incluso bailó un buen rato con Piper, a lo cuál Eduardo no respondió muy bien.

-Entonces te gusta Piper- dijo Eduardo

recostado de la pared cuando Tita logró desocuparse.

-No, para nada, es mi amigo y nos llevamos muy bien, y como estoy aquí con ustedes y tú no querías bailar, pues no había otra opción-

-Sí, es cierto, yo no quiero bailar- dijo todo orgulloso y se fue afuera un rato.

-No sé cómo puedes ser amiga de ese tipo- dijo Piper acercándose.

-A veces no sé cómo soy amiga tuya, a sinceridad-

-No es lo mismo, ¿no escuchaste lo que hizo? Yo no soy chismoso, pero es que todos hablan de eso, claro se desmintió lo de la enfermedad, pero es cierto que salió un día con esa chica, se acostó con ella y luego la mandó a volar-

-Tú no lo conoces a él ni a sus intenciones, y de seguro tú has hecho cosas peores- Piper se detuvo a pensar en lo que Tita había dicho y sonrió con picardía.

-Sí, tal vez es cierto, pero igual, tener un amigo así...-

-Pues soy amiga de él porque es un muchacho amable, cariñoso, divertido, inteligente, y como tú comprenderás me gusta rodearme de amigos así... aunque tú solo tengas dos de esas cosas- dijo Tita empujando el hombro de Piper.

-Bueno, agregale "ridículamente guapo" y pues no me importa que le quites lo de amable y cariñoso-

-Trato hecho, Eduardo es un muchacho amable, cariñoso, divertido, inteligente, y ridículamente guapo y como tú comprenderás me gusta rodearme de amigos así... aunque tú solo tengas tres de esas cosas- dijo Tita muy segura.

-No me refería a eso, pero me sirve- Piper le ofreció su mano y ella la tomó y salieron de nuevo a la pista de baile. Lo que ella no sabía es que Eduardo la estaba escuchando. Eduardo, quien estaba ebrio a más no poder se apareció en la pista de baile.

-¿Me la presta, licenciado?- Piper volteó los ojos y se fue. -Lo tomaré como un sí- Eduardo tomó a Tita de la mano y bailó un rato con ella. Pusieron una canción lenta, y Tita quiso irse a sentar, pero Eduardo la detuvo. -¿Hablamos?-

-Podemos hablar sentados-
-No quiero que los otros me escuchen- Ella lo abrazó y lo miró a los ojos. -Yo sé que estoy

super borracho, y puede que me lo esté inventando, pero te escuché defenderme con Piper- Tita se sonrojó, ella no esperaba eso.
-Sí... es que... no era justo que hablaran mal de tí- Eduardo sonrió y besó su frente y bailaron calladitos hasta que la canción terminó. -Es tarde, debería volver a casa-
-Déjame acompañarte al taxi, Lulú dijo que ella se quedaría el fin de semana aquí con su papá-

Eduardo esperó el taxi con ella y cuando llegó le abrió la puerta. Eduardo la miró a los ojos y se acercó a darle un beso en la boca, pero ella beso su mejilla. Él la miró confundido. Pero ella le sonrió y dejó salir una lágrima.

-Estás ebrio, mi amor, y no recordarás nada de esto, así que no te dejaré hacerlo, pero tampoco te lo diré, hasta que tengas el valor de hacerlo estando sobrio, ese será mi secreto y lo guardaré como una llama de esperanza que prometo nunca se apagará- Tita acarició su mejilla y él besó su mano y asintió, entonces Tita subió al auto y lloró todo el camino a casa arrepentida de no haberlo besado ahí, sin consecuencias, sin que nadie los viera y sin que él lo recordara.

Cuando Tita llegó a su casa, ya sus lágrimas se habían agotado, estaba seca. Banchi la esperaba sentado en la sala, leyendo un libro. Ella lo miró y no tuvieron que decir nada. Él se paró y la abrazó, ella lo miró feliz, con una gran sonrisa, no iba a contarle que Eduardo sentía algo por ella en lo profundo de su corazón, pero él se imaginaba que le había ido tan bien que no se volvería a repetir. Es esa telepatía de mejores amigos. Tita estaba muerta, se recostó de Banchi y él la cargó y la llevó a su cuarto, la cobijó y se fue a dormir al suyo.

Cocinando Juntos

Tita despertó llena de vida, con esperanza, con amor en su corazón, pero sabiendo que nadie podía enterarse de lo que pasó, sobre todo Eduardo. Tita salió de su cuarto y detrás de la puerta se encontraba Banchi. Con su carita de chisme.

-¡Cuéntamelo todo!- dijo tomándola de la mano y llevándola al sofá.
-Fue hermoso Banchi, perfecto, ay no te imaginas, primero, Lulú es rica, su papá tiene un viñedo, y ellos son franceses, ¿sabías?-
-Wow, hmm, Lulú se ve cada vez más atractiva- dijo Banchi usando su índice como bigote y moviendo sus cejas de arriba a abajo.
-No seas así, pervertido, por eso ella no quería que lo supieran!- dijo golpeando a Banchi, pero la risa no le dejaba hacerlo muy fuerte.

-Entonces, conociste a su papá, y fueron al viñedo-

-Sí, allá él presentó su nuevo vino, PRIDE, cuya etiqueta había ilustrado con el primer dibujo que hizo Lulú y con el último que le entregó cuando quiso convencerlo que la dejara estudiar diseño gráfico-

-Wow Tita, eso está hermoso- a Banchi se le quebró un poco la voz.

-No, hermosa estuvo la borrachera que nos dimos, el vino de Lulú estaba riquísimo, y podíamos beber todo el que quisiéramos pero...- Tita bajó la cabeza avergonzada, pero riendo a la vez.

-¿Qué hiciste Tita?- dijo Banchi en tono acusador.

-Me puse a alardear sobre el Licenciado Piper porque Lulú tiene un crush con él y terminé invitándolo con nosotras- Banchi se tiró para atrás en el sofá, riendo.

-¿¡Y FUE!?-

-Pero por supuesto que fue, había vino gratis-
-Amo a ese hombre, es uno de mis maestros favoritos- dijo llorando de la risa.
-Pero no quedó ahí, Lulú se sintió incómoda y llamó a Eduardo!- Banchi paró de reír y se puso muy serio.
-Me estás diciendo que había una fiesta, con comida, vino gratis, tú invitaste a Piper y Lulú invitó a Eduardo ¡¿Y nadie me llamó?!- Tita se echó a reír y lo besó en la frente.
-Exactamente, y lo pasamos de maravilla- Tita se levantó y fue a preparar el desayuno, Banchi medio enojado se fue a cambiar para ir al mercado.

El lunes siguiente Banchi se encontró con Eduardo en clase, pero no se sentó a su lado. Eduardo lo miró extrañado, pero Banchi no le sostenía la mirada. No le había hablado en todo el fin de semana. Después de clases, Eduardo se le acercó.

-Si tienes algún problema conmigo sabes que puedes decirmelo-

-¿La pasaste bien?- dijo emocionado, cambiando su humor completamente. Eduardo lo miró extrañado.

-Hubiera sido mejor contigo ahí, en realidad no recuerdo mucho de lo que pasó-

-Awww, qué tierno tú-

-Es cierto, recuerdo que al llegar, Mercedes estaba dormida en el jardín bajo las estrellas, la despertamos y... vino... mucho mucho vino... luego estaba despertando en casa-

-Ay, esas son las mejores- le dijo Banchi dándole unas palmadas en la espalda, le echó el brazo por los hombros y se fueron a su próxima clase.

Mientras tanto, en el restaurante, Tita soñaba despierta en su oficina, repetía la escena de la noche anterior frente al taxi, cuando Lulú rompió su burbuja.

-Jefa, hay alguien que quiere verla- Lulú se veía preocupada.

-Salgo en un momento- Lulú salió y Tita se compuso, volvió a la realidad de mantener su negocio y salió a ver qué pasaba. Era el licenciado Piper, en una mesa, llamándola. -¿Todo bien Pipe Pipe?- dijo sentándose frente a él.

-¡Subiste una foto!- gritó lo más bajo que pudo, para que nadie lo escuchara.

-Sí, ¿y?-

-Esos son mis estudiantes, Tita, contigo no hay problema, pero la universidad ve un poco mal que yo me vaya de fiesta a embriagarme con mis estudiantes!-

-Lo siento mucho, licenciado, en este instante la borro- dijo Tita sacando su teléfono, Piper estaba muy molesto, ella nunca lo había visto así. Piper asintió y se levantó de la mesa, Tita también. A unos pasos se devolvió.

-¡¿Y sabes qué?!- Tita se encogió, esperando el

golpe. -Te quedó bonita la foto ¿me la envías?- Tita sonrió y lo miró con los ojos entrecerrados.

-Claro licenciado- él volvió a sentarse en la mesa.

-Y ya que estoy aquí, tráeme una enchilada, pero que sea extra feliz- Tita se rió y asintió con la cabeza.

-De inmediato licenciado- Tita fue a la cocina y le preparó a Piper una super enchilada feliz y se la llevó personalmente. -Esa va por la casa... pero solo esa... gracias por ir conmigo anoche-

-¿Bromeas? No hay de qué, siempre que me necesites, si hay vino gratis, solo llámame-

-Si sigues aquí, claro- dijo Tita con una sonrisa, que desapareció al escuchar su respuesta.

-Ya no seguiré, estoy haciéndole unas pruebas a mi reemplazo... renuncié Tita, pero aún tienes mi número- Tita asintió lentamente, adoraba a Piper, pero no es como que iba a llorar su ausencia, sí iba a extrañar a su amigo maestro, aprendió mucho con él y su espacio no lo ocupará nadie nunca, pero si se quiere ir, la puerta no tiene seguro. Ella volvió a su oficina a seguir soñando, pero no bien se había sentado, alguien entró corriendo.

-¿Ahora qué?- dijo volteandose a la puerta... era Eduardo.
-Quiero invitarte a mi casa- dijo sin pensarlo mucho. Tita estaba en shock, pero no quería que él se diera cuenta.
-Tú... tú vas a cocinar?-
-Esperaba que me enseñaras a preparar algo, podemos cocinar juntos- sus palabras eran casuales y sin sentimiento, pero el corazón de Tita estaba apunto de explotar.
-Oh, claro, ¿te parece el fin de semana próximo?- dijo conteniendo las ganas de gritar, saltar, correr, y abrazarlo.
-Sí, me parece perfecto- Eduardo entusiasmado salió y cerró la puerta. Tita tomó un almohadón y lo presionó contra su cara y dejó salir un gran grito.

-¡Me invitó a comer, me invitó a comer!- gritaba Tita dentro del almohadón, luego lo tiró en la oficina y salió muy calmada y se quedó en la registradora. Banchi corría de aquí para allá y ella le dio en la espalda en señal de relevo. Banchi se sentó exhausto en un banco unos segundos y luego se dirigió a la cocina. Tita, sacó el diario de su madre y se puso a leer un poco.

"Recuerdo la primera vez que cociné para él, estaba nerviosa, y aunque era una excelente cocinera, los nervios me ganaron y se me quemó la comida, me permití llorar un rato en la cocina y él entró y me abrazó, y me dijo: No importa, te apuesto a que está riquísimo. Y tomó una cucharada. Me sentí como si hubiera nacido de nuevo, su cara valía un millón de dólares. Desde entonces siempre quemo un poco las enchiladas en el restaurante de mi papá, les da un toque especial y mágico"

Tita se sonreía leyendo la razón por la cual su madre le enseñó a quemar las enchiladas como un secreto de familia. Pero un cliente detuvo su lectura.

-Se ve que está bueno el libro- dijo un joven maestro de literatura que apenas empezaba a dar clases en la universidad. Un chico que aunque se veía joven tenía un porte muy profesional. No se veía nada mal, llevaba el pelo corto y rizado y unos lentes que lo hacían ver inteligente, tenía una sonrisa que deslumbraba, que hacía que quisieras ser su amigo.
-Lo lamento mucho, bienvenido a La Enchilada Feliz, hogar de la enchilada que lo hará feliz, ¿en qué puedo servirle?- el chico se rió.
-Me encanta ese slogan, y la manera como lo dices tú es encantadora también- Tita se sonrojó...¿qué...estaba...pasando? -Quisiera dos enchiladas felices y dos gaseosas, por favor-
-Imagino que también una mesa para dos-

-Está en lo correcto- dijo guiñandole un ojo.

-¿A... a... a nombre de quién?- dijo Tita avergonzada.

-Misha, mucho gusto, me va a ver muy seguido, voy a impartir todas las clases que daba el Licenciado Piper-

-Mesa 8, por favor- dijo Tita con la boca abierta... ese era el reemplazo de Piper?! Misha solo asintió y se dirigió a su mesa. Tita se la pasó observándolo y al tiempo llegó una muchacha muy bonita y se sentó a comer con él. ¿Sería su novia? Pero si lo era, ¿por qué era él tan coqueto con una extraña?... ¿Y a Tita qué le importa? Eduardo la había invitado a su casa y todo era perfecto en el mundo. ¿O sí le importaba que el chico guapo que le coquetea y que va a reemplazar a su amigo Piper tenga novia? Digo, si es el reemplazo de Piper debería serlo en todos los aspectos, la amistad, las conquistas, la tensión...

-Tierra a Tita ¿Me escuchan?- susurró Banchi al oído de Tita mientras esta se perdía en el espacio.

-Ay, sí, sí Banchi, te escucho- dijo sin darle mucha importancia.

-Oye, ¿qué te trae así, tan boba?-

-Eduardo me invitó a su casa-

-¿¡QUÉ?!-

-Sí, y conocí al reemplazo de Piper-

-¿¡QUÉ?!-

-Sí, y Eduardo quiere que cocinemos juntos-

-¿¡QUÉ?!-

-Sí, y él reemplazo de Piper es todo lindo y coqueto, pero creo que tiene novia-

-¿¡QUÉ?!-

-Sí, y ya cálmate, que es solo eso-

-¿Qué? ¿Solo eso? ¿Segura?- dijo abrazándola por detrás. Tita se rió.

-Ehm, ¿interrumpo algo?- dijo Eduardo recostándose del mostrador.

-Ew, no, asco- dijeron ambos separándose al mismo tiempo, luego se miraron y se echaron a reír.

-Ok, si ustedes lo dicen, Mercedes, quería saber qué prefieres comer el sábado- Tita miró a Banchi emocionada, y volvió a mirar a Eduardo con una cara más serena.

-¿Te parece... pasta?-

-¡Uy, me encanta la pasta! Es para ir comprando las cosas-

-Pero Eduardo, si apenas es lunes- dijo Banchi de brazos cruzados.

-Me gusta estar preparado... ¿quieres venir?- Banchi y Tita se miraron, Banchi sonrió y Tita le dijo que no con la cabeza.

-Sería un placer acompañarlos, pero creo que preferirían estar solos-

-¿Solos?- dijo Eduardo confundido. Tita miró a Banchi furiosa. -¿Por qué solos? Mi compañero de cuarto estará ahí- Tita y Banchi se sacudieron con ese nuevo pedazo de información.

-Tú.... ¿TIENES UN COMPAÑERO DE PISO?- dijeron ambos a la vez.

-Pues claro, no puedo pagar el apartamento solo, ustedes bien sabrán que es más fácil pagar si se tiene un compañero-

-De hecho, me mudé con Tita cuando sus padres murieron, para que no estuviera sola... y la casa es propia, no pagamos renta- dijo Banchi muy serio.

-Wow ¿Y no cabe otro?- dijo Eduardo en tono burlón, pero nadie se rió. -Lo lamento, espero que sí puedas ir a mi casa el sábado Iván, con permiso- Eduardo se fue avergonzado y Banchi y Tita esperaron que estuviera lejos para empezar a reírse.

Esa semana Banchi se la pasó molestando a Eduardo con lo mal que había hecho sentir a Tita, y este ni se atrevía a pasar por el restaurante. Eduardo juraba que la mejor forma de compensarle era el sábado, con la comida, porque eso sí pareció interesarle cuando se lo comentó. Cuando llegó el famoso sábado, Banchi "tenía un examen importante" y no pudo asistir, entonces Tita se apareció sola en el apartamento de Eduardo. Al abrir la puerta, Eduardo se emocionó y la abrazó fuerte, y Tita volvió a derretirse en sus brazos.

-Gracias por venir Mercedes, aún es temprano para cocinar, vamos a mi cuarto-
-A... tu... ¿A tu cuarto?- dijo Mercedes nerviosa.
-Sí, allá está la tele, podemos jugar videojuegos-
-Mejor te veo jugar videojuegos, es más divertido-
-¡Perfecto!- dijo Eduardo tomándola de la mano y llevándola rápido a su cuarto. Tita se sentó en la cama, y Eduardo se sentó en el piso frente al televisor a jugar. Ella desde la cama acariciaba su cabello y él jugaba desconectado del mundo. En ese momento, Tita era completamente feliz. Soñaba sola mientras acariciaba el hermoso

cabello de Eduardo, y se imaginaba su vida juntos. Cuando el compañero de cuarto de Eduardo salió de su habitación.

-Eduardo, ¿a qué hora empezarás a cocin... TÚ!-
-¡¿Misha?!- dijo Tita avergonzada, soltando inmediatamente la cabeza de Eduardo.
-Oh, ¿se conocen?- dijo Eduardo sin quitar los ojos del juego.
-Sí... perdón... no sabía que Eduardo y tú...- Tita se levantó de la cama deprisa y se acercó a la puerta.
-No, no, no, Eduardo y yo nada, Eduardo y yo amigos, casi hermanos- dijo con una sonrisa frente a Misha. Eduardo pausó el juego y se levantó.
-Me decían ¿De dónde se conocen?-
-Misha fue el otro día al restaurante- decía Tita mirando profundo en sus ojos.
-Sí, y Tita me preparó unas enchiladas deliciosas- dijo Misha acariciándole el rostro.

Eduardo empezaba a sentirse incómodo, haló a Tita para sacarla de su trance y le echó el brazo sobre los hombros.

-Pues Tita es mi amiga, y la invité a cocinar y a comer conmigo- Misha les sonrió y, tomando a Tita de la mano, la volvió a halar hacia él.

-Con nosotros, querrás decir- Tita se reía nerviosa.

-Creo que es hora de empezar a cocinar, ¿no?- dijo Tita intentando romper el momento incómodo. Lo que no sabía es que lo incómodo acababa de comenzar. -No sabía que fueras el compañero de cuarto de Eduardo- le dijo Tita a Misha mientras esperaba a que Eduardo sacara los ingredientes.

-¿Su compañero? ¿Eso te dijo?- dijo Misha un poco molesto pero divertido. -Eduardo es mi hermano mayor-

-¡¿Tu qué?!- dijo Tita, justo cuando Eduardo salía de la cocina.

-Ya podemos empez... ¿qué pasó aquí?-

-Misha es tu hermanito... ni siquiera sabía que tenías un hermano... menos uno tan guapo, digo, joven, uno tan joven!- Eduardo bajó la cabeza.

-No quiero hablar de eso, ¿sí? vamos a cocinar- Tita lo acompañó a la cocina un poco decepcionada y Misha los siguió, pero Eduardo lo detuvo. -Solos, tú fuera, o a tu habitación, o lo que sea, ya hiciste suficiente-

A pesar de la mentira, el corazón es un traidor que uno lleva dentro. Es egoísta y solo piensa en sí mismo. Tita tomó aire y examinó los ingredientes que Eduardo había sacado... pero algo andaba mal.

-Me falta queso, leche, un poquito de harina, mantequilla...¿y esto?- dijo tomando un frasco de salsa roja.

-Es para la salsa, claro-

-No, no, haremos pasta blanca, no me gusta la pasta roja-

-Lo siento, la pasta blanca no es pasta, aquí se come pasta roja- dijo Eduardo quitándole el frasco de salsa.

-Eso es porque no has probado mi pasta blanca- dijo Tita orgullosa.

-Querrás decir que eso es porque tú no has probado mi pasta roja!- dijo Eduardo molesto. Ambos se enfrentaban, cuando Misha entró despacio a la cocina.

-¿Y qué tal si hacen un poco de las dos? así Tita prueba tu pasta roja, pero no está obligada a comer solo eso, y viceversa- ambos lo miraron y volvieron a mirarse furiosos, asintieron y cada quien se puso a trabajar en su salsa. Aún cuando estaban en medio de la competencia, Eduardo no perdía oportunidad para tocar a Tita.

-No, Tita, la salsa debe mezclarse con un movimiento lento en contra de las manecillas del reloj- decía Eduardo mientras tomaba la mano de Tita y movía su salsa. Tita se derretía más rápido que la mantequilla, estaba muy concentrada en Eduardo, y Eduardo muy concentrado en su pasta. Misha los miraba a ambos desde la puerta de la cocina y observaba como Tita se moría por su hermano y este ni cuenta se daba.

Cuando la pasta estuvo lista, Tita y Eduardo las llevaron a la mesa, donde Misha esperaba para recibirlas. Se sirvió de ambas y se las comió de un sorbo. Eduardo cogió un poquito de pasta blanca, haciendo gestos como si fuera basura... Tita hizo exactamente lo mismo con la suya. Pero al probarla se dieron cuenta lo deliciosa que era... pero ninguno iba a ceder.

-La mía estaba mejor- se dijeron al mismo tiempo. Misha los miraba y se reía.
-Pues a mí me gustó más la de Tita- dijo poniendo su mano sobre la de Tita. -Gracias por

mostrarme que hay cosas mejores- Eduardo los vió y se enojó. Quitó la mano de Misha y la devolvió a su lugar.

-Pues no, solo lo dices por llevarme la contraria-

-Solo estás celoso...- Misha miró a Tita y esta quedó muda. -...de que ella cocine mejor que tú, igual ¿qué importa? Tú vas a ser editor, no chef- Misha tomó la mano de Tita de nuevo. -La buena cocina es una excelente cualidad en una mujer, deberías sentirte honrado de tener una amiga así-

-¡Ya es suficiente Misha!- Eduardo se había puesto rojo de la ira. Misha calmadamente besó la mano de Tita y luego su mejilla, le agradeció por la exquisita comida y se retiró a su habitación. Eduardo y Tita se miraron un momento en silencio y Eduardo se levantó y se fue a su habitación igual. Tita lo siguió y lo encontró recostado en su cama. Él le dio unas palmadas al colchón a su lado.

-¿Quieres... que yo... contigo... ahí?- Eduardo sonrió un poco triste.

-Por favor- Tita se acercó despacio, nunca había estado en la cama con otro hombre... bueno, solo con Banchi. El día del funeral de sus padres, ella estaba tan triste que Banchi se quedó con ella y hablaron hasta el amanecer y se quedaron dormidos en su cama... después de eso Banchi nunca se fue. Pero con Eduardo era totalmente diferente.

-¿Por qué me mentiste?- dijo acostándose a su lado. Eduardo miró profundo dentro de sus ojos, sus piernas se entrelazaron,

-No me gusta ese muchacho, y no, no es mi hermano-

-Pero él dijo...-

-Mi mamá se casó con su papá y se supone que él se quedara con ellos, pero un amigo le consiguió una plaza para dar clases aquí acabadito de graduar, y pues mi mamá entiende que lo más barato era que viviéramos juntos- Tita lo miraba

encerró en el baño y llamó a Banchi.

-¡Me quiero ir! Soy una tonta Banchi, tuve que encerrarme en el baño para escapar, sácame de aquí- dijo llorando.

-Ok, no te preocupes, seca tus lágrimas y haz lo que yo te diga, sal del baño con el teléfono al oído- Tita salió y Eduardo estaba afuera esperando una explicación. -Me imagino que Eduardo debe estar afuera así que repite conmigo, "uff creo que tenía mucha leche la pasta, ¿pero cómo me decías?"-

-Uff creo que tenía mucha leche la pasta, ¿pero cómo me decías?- dijo Tita en una actuación espectacular.

-Bien ahora camina hacia tu cartera con cara preocupada y dí "No, no, Banchi, pero sabías que yo venía hoy para la casa de Eduardo"-

-No, no, Banchi, pero sabías que yo venía hoy para la casa de Eduardo- dijo mientras caminaba a su cartera.

-Ok ahora da una fuerte pisada y dí "Ay está

con ternura.

-¿Y qué de los celos?- ella tenía que preguntar.

-¿Celos?- dijo Eduardo entre risas. -No estoy celoso, yo soy mejor amigo que él por mucho, no tengo por qué estar celoso- la palabra amigo retumbaba en el cerebro de Tita, mientras sentía sus piernas entrelazadas, aunque sus torsos guardaban una distancia prudente. -Es solo que no quiero que te vaya a herir-

-¿Cómo dices? ¿Por qué me iría a herir?-

-Eres una chica sensible y amable y podrías caer víctima de su seducción infantil, y Misha tiene novia, tipo una relación formal, pero eso no lo detiene de coquetearle a todo lo que se mueva... solo quiero proteger tu corazoncito- dijo apuntando al corazón de Tita. Ella empezó a llorar, todo cobró sentido, no eran celos, era que su hermanastro era un casanova y él un muy buen amigo. Tita se quería morir de la vergüenza, se paró y salió a la sala, no sabía qué hacer y Eduardo venía tras ella, así que se

bien, voy para allá" y cierras, cuando te pregunte le dices que tenemos una cita con los abogados del restaurante para unas reparaciones-

-Pero...-

-Ya sé que no te gustan las mentiras, así que citaré los abogados para ahora mismo- Tita se esforzó por no sonreír, en cambio dió una fuerte pisada.

-Ay está bien, voy para allá- y cerró el teléfono. Eduardo la miró confundido. -Banchi citó a los abogados del restaurante para un asunto de unas reparaciones- Eduardo asintió comprensivo. Tita se dirigió a la puerta y Eduardo la detuvo, la tomó de la mano y la haló hacia un fuerte abrazo. Tita por primera vez no se dejó derretir entre los brazos de Eduardo, salió y se dirigió a su casa, donde Banchi la esperaba entre molesto y confundido.

-¿Y ahora qué pasó? ¿Qué les pasó a mis futuros sobrinos?- Tita lo miró triste y no dijo nada, no lo abrazó, no se rió, solo fue a su habitación a ver si encontraba consuelo en el diario de su madre.

"Hoy tuvimos nuestra primera pelea, fue por la cosa más estúpida, yo creí que él me había comprado un ramo de flores, pero era para su mamá, me sentí tan estúpida, de dejarme ilusionar. El arreglo era hermoso y él había gastado hasta su último centavo en eso. Luego de pensarlo entendí que no debía sentirme así, me encantaba que fuera sensible y que quisiera tanto a su madre. Pero el dolor de la decepción es corrosivo para el alma"

Tita sentía a su madre más cerca que nunca, aunque su madre estuviera viviendo un romance real y ella viviera uno inventado, pero el amor era el mismo y el sentimiento, igual de fuerte. No había duda en la cabeza de Tita de que Eduardo era genuinamente su amigo y de que podría contar con él hasta el fin de los tiempos... Pero su corazón se aferraba a esa noche frente al taxi, y la convencía de que tanto amor no podía ser en vano, después de todo, si riegas un árbol todos los días, al final te dará frutos... a menos que sea un cactus como Eduardo, un cactus de hoja amarga y ponzoñosa.

El Gato

Tita se había quedado dormida. Banchi la llamó para cenar, pero ella no respondió. Al día siguiente Banchi no aguantó más y entró a la habitación de Tita.

-Eduardo llamó, dijo que tenía que hablar algo importante contigo- dijo Banchi con un poco de miedo, sin saber cómo iba a reaccionar Tita.
-Gracias, lo llamaré en un momento- dijo Tita sin ánimo, como si su alma se hubiera ido de su cuerpo. Banchi fue a su cama y se sentó junto a ella, pero Tita se levantó y fue al baño. Banchi entonces salió a la sala y llamó a Eduardo.

-Ya es suficiente, necesito saber qué pasó-
-Bueno, lo que más pudo haberla enojado es que mi hermanito se la pasaba coqueteándole, pero le puse un alto, creo que está así porque le dije que él tenía novia, no sé, después de eso, fue todo muy divertido, cocinamos, hablamos, compartimos, incluso jugamos videojuegos-

-¿Tita estaba jugando videojuegos contigo?- dijo Banchi sin creerle nada.
-Ok, yo jugaba videojuegos mientras ella me acariciaba el pelo-
-Eso suena más como mi Tita- dijo Banchi con una sonrisa. Tita salió de su cuarto y Banchi colgó rápido el teléfono.

-Oye, intenté marcarle a Eduardo, pero su teléfono suena ocupado ¿qué habrá querido?-
-No sé, pero sé que quería compensarte por lo que pasó en su casa... ¿Qué pasó en su casa?- dijo Banchi intrigado, pero Tita volvió a ponerse triste.
-¿En su casa?- Tita suspiró largo. -Me dí cuenta de que soñar es para la noche, y que está supuesto a terminar de día, soñar es algo personal y en lo que no se debe involucrar a nadie, y me dí cuenta que Eduardo no me ama Banchi, ni lo va a hacer por más que yo lo ame, así que nada, seguiré mi vida- Tita se esforzaba por no llorar, y Banchi se iba a acercar a ella, pero al darse cuenta, Tita se sacudió un poco y cambió el tema. -¿Sabías que Eduardo tiene un hermanito... bueno, un hermanastrito?-

-¿Misha? Sí, lo conocí hace poco, un tipo raro, pero me cayó bien-
-¡¿Y no me dijiste?!- dijo Tita mientras se reía y lo golpeaba con sus pequeños puños. Banchi estaba feliz de verla reír una vez más, y pensó que tal vez ya se había olvidado de verdad de Eduardo.

Banchi decidió acompañarla a casa de Eduardo a ver qué quería. Misha los recibió en la puerta y los hizo pasar. Eduardo no estaba así que se sentaron en la sala a esperarlo. Misha, coqueto como era, se sentó junto a Tita y le secreteaba al oído, besaba su cuello y su brazo y a Tita todo esto solo le daba mucha risa...pero a Banchi no tanto.

-A ver, a ver, muchachito, ¿qué te pasa eh?-
-Licenciado, para usted, y le ruego no se meta, esto es entre Tita y yo- Banchi estaba furioso, pero Tita le hizo señas de que se calmara, Banchi se sentó... pero se sentó en medio de ellos dos y así le hizo de chaperón hasta que llegó Eduardo.
-Gracias Eduardo, esto empezaba a ser incómodo- dijo Banchi levantándose y halando a Tita del brazo.

-¿Qué hacen aquí?- dijo Eduardo emocionado, aunque desconocía sus intenciones, siempre es agradable tener amigos en casa.

-Tú llamaste y dijiste que querías hablar conmigo- dijo Tita parándose frente a él con valentía, aunque él no entendía nada.

-Oh, cierto, quiero que compremos un gato- todos quedaron en silencio, Banchi y Tita se miraron y Eduardo portaba su tonta y tierna sonrisa.

-Un gato...con Tita...para los dos...- dijo Banchi que fue el único que logró hablar.

-No no no, es un gato para mí, para mi casa, es que aveces me siento muy solo y quiero un gato, y Mercedes es la única mujer, aquí, en la que confío, así que quiero que me acompañe a comprarlo- Tita logró recoger su quijada y tomó aire.

-Pues no me interesa comprar un gato contigo para ti, llévate a Banchi, o a Misha-

-Pero quiero que vayas tú- dijo tomándola de la mano, y mirándola con ojos tristes. Banchi solo sacudía su cabeza cabizbajo, sabía que Eduardo podía desarmar la valentía de Tita con un soplo.

-Ok, ok, pero vamos ya, y Banchi viene con

nosotros- Eduardo asintió contento y fueron los tres a la tienda de mascotas.

Al entrar a la tienda de mascotas, Eduardo y Banchi se volvieron locos con todos los animalitos bebé, era el escenario más tierno que Tita podría imaginarse, pero todo terminó de golpe cuando Eduardo gritó.

-¡ES ESTE! Este es el que quiero- dijo abrazando a un gatito... bueno, a una motita de pelo con ojitos y garras, en serio era lindo, pero Tita no sabía cómo decirle que ella era alérgica a los gatos..
-Excelente, se ve bien, ponlo en el mostrador y vámonos- dijo Tita de lejos. Banchi sabía sobre su alergia y le divertía mucho esta situación.
-Tita, no es solo comprar el gato, Eduardo tiene que buscarle una cama, un arenero, comida, ropa... estaremos aquí un buen rato- dijo Banchi intentando contener la risa. Los ojos de Eduardo se iluminaron y Tita miró a Banchi furiosa. Recorrieron la tienda buscando cosas para el gatito, mientras Eduardo lo llevaba encima. Tita por su parte, muy estratégicamente, ayudaba en

la búsqueda de cosas, alejándose de Eduardo. Cuando llegó el momento de pagar, fue a encender el auto, y se aseguró de escoger un bulto para mascotas que cubriera bien al gato, para no estornudar todo el camino a casa de Eduardo.

Cuando llegaron a su casa, él soltó el gatito en el apartamento. Tita le explicó cómo debía educarlo, pues se ofreció a recibir la charla mientras ellos compraban... todo por estar lejos del gato. Lo que Tita no sabía es que esto la condenaba a ser "La mamá del gato"

-¿La mamá de quién?- dijo Tita confundida a lo lejos.
-La mamá del gato, tú eres su mamá y yo soy su papá- dijo Eduardo muy distraído jugando con su gatito nuevo.
-Te dije que terminarían casados ustedes dos- le susurró Banchi conteniendo la risa. Tita lo miró desesperada.
-Yo no quiero un gato- le susurró a Banchi.
-¡Tenemos que ponerle nombre!- dijo Eduardo ignorando completamente las palabras de Tita.

Pero ella recapacitó, tal vez tener un hijito con Eduardo no era tan mala idea.

-¿Qué te parece Teddy? Por Tita y Eddy- Eduardo y Banchi se miraron y se rieron.

-No, claro que no, pero ¿qué tal Fígaro?- dijo Eduardo ilusionado.

-Pues a mí no me gusta, yo le diré Teddy- dijo Tita, y Banchi asintió.

-Bueno es mi gato, y yo digo que se llamará Fígaro- Tita se molestó un poco.

-Pero si habías dicho que yo era su ma...- Banchi la interrumpió halándola por los hombros hacia la salida antes de que se pusieran a discutir de nuevo.

-Bueno, hermano, suerte con tu nuevo hijo, nosotros nos vamos-

-Sip, te enviaré las fechas de nuestras citas al doctor, Mercedes- dijo Eduardo sin siquiera mirarlos. Tita volteó los ojos y Banchi se rió.

Los próximos días Eduardo se la pasó en el teléfono con Tita, ¿qué dijeron sobre orinar fuera? ¿Qué dijeron si no comía? ¿Qué dijeron si se lame mucho? ¿Qué dijeron de salir fuera? ¿Qué dijeron del olor de la orina? ¿Qué dijeron de relacionarse con otros animales? Tita amaba que Eduardo la necesitara, pero sinceramente odiaba ese gato. Un día simplemente explotó. Eduardo le reclamaba que ella no quería al gato y no se ocupaba del gato, no quería acompañarlo al doctor, no lo bañaba, no lo ayudaba a conseguir una jaula, así que quería regalarlo... Tita no pudo más.

-¡ESE GATO NO ES MÍO!- gritó por el teléfono.
-Ese gato era mitad tuyo, pero tu no te ocupas de él, así que le conseguiré otra casa y ya, mira, dijiste que me ayudarías a conseguir una jaula, y nada-
-¡Yo lo intenté! Pero ¡¿qué has hecho tú?! Yo quise creer que era la madre de algo tuyo, pero la realidad es que es tu gato, vive contigo, en tu casa, yo no tengo nada que ver, llegué a tomarle cariño, pero la cosa esa hasta alergia me da!-
-Pues si esa es tu actitud, sería mejor que no fuéramos amigos y no hablemos más-
-¿De verdad no quieres hablar más conmigo Eduardo?- Eduardo no respondió y cerró el teléfono.

Las próximas semanas Tita entró en una rutina, se levantaba triste en la mañana, iba al restaurante, trabajaba medio día y se devolvía a su casa a llorar hasta quedar dormida, se levantaba, preparaba algo de cenar para ella y para Banchi y luego de cenar, volvía a su cama a llorar hasta quedar dormida. Y al levantarse lo hacía todo de nuevo. Banchi solo podía escucharla llorar, y sentarse a su lado en silencio, él de alguna forma la había ayudado a ilusionarse, porque le encantaba verla feliz, soñando despierta, lo que no previó fue que en algún momento despertaría. Al cabo de tres semanas era el aniversario de amistad de Eduardo y Tita, o como ella lo llamaba, su "Amiguiversario". Tita lo intentó, llamó a Eduardo... pero él no contestó, le escribió por texto, pero tampoco respondió, entonces ella se dio cuenta de que había terminado, era más fácil olvidarse de él si no estaba, no aparecía, no llamaba, ya ni siquiera comía en el restaurante. Tita no podía llorarlo para siempre, y más sabiendo que nada le había pasado, pues él seguía viendo a Banchi en clase. Pero un día su rutina se rompió. Ella estaba en el mostrador, cabizbaja, repasando su dolor, cuando un cliente se acercó.

-Bienvenido a La Enchilada Feliz, hogar de la Enchilada que lo hará feliz, ¿en qué puedo servirle?- dijo sin ánimo.
-Quisiera ordenarte a ti, para el almuerzo, mañana, ¿qué opinas?- Tita levantó la mirada, era Misha. -Me haces falta lindura, ya no sonríes como antes y estoy seguro que tiene que ver con el idiota de mi hermano- dijo Misha un poco enojado, hasta tierno se veía. -Solo quiero que sepas que estoy aquí para tí-
-Misha, es que tú...-
-Y para que veas que mis sentimientos son puros, quiero que conozcas a alguien muy especial- Misha se retiró un momento y volvió con una chica. La misma chica con la que Tita lo vio almorzar hace un tiempo. -Ella es Yari, el amor de mi vida- dijo y le dió un gran beso frente a todos. Tita entonces lo entendió, él era coqueto y punto, no infiel, era simple cariño amistoso tropical, algo que un extranjero como Eduardo no entendería, un cariño como el que tenían Banchi y ella, entonces por primera vez

en un tiempo, Tita volvió a sonreír.

-Gracias Misha, no sabes lo que esto significa para mí- Yari la miró extrañada y le sonrió.

-Tú debes ser Tita, la amiga de Eduardo, tengo que irme de viaje unos meses, te encargo a este muchachito, no sé por qué, pero siento que puedo confiar en tí- Tita, casi llorando, dio la vuelta al mostrador y le dio un fuerte abrazo.

-Lo cuidaré como si fuera ajeno-

-Ehm... es ajeno- dijo Yari entre risas.

-Tú me entendiste- Tita y Yari se volvieron a abrazar, fue amistad a primera vista. Por unos minutos a Tita se le olvidó todo lo que sufría. Salió con Misha al terminar su turno y se fueron a bailar... luego a beber... luego de karaoke... eran las 4 de la mañana, y Tita y Misha llegaron de puntitas a casa de Tita. Al abrir la puerta, Eduardo y Banchi esperaban sentados en la sala.

-Espero que tengan una buena excusa- dijo Eduardo levantándose del sofá.

-¡Tú! Tú no tienes ningún... ay sí que estás guapo- dijo Tita acercándose a su cara. -Decía, ningún derecho a decir nada porque tú... no me estabas diciendo nada, hace semanas, ¿o no

Banchi?- dijo volteandose a una planta, Banchi fue hacia ella y sin decir nada le dió un beso en la frente. Tita sonrió un poco mareada y suspiró. -No sé por qué eso siempre me calma, usas un labial de Valeriana o cómo lo haces Banchi?- Banchi la cargó y la llevó a su cuarto, al salir, Eduardo aún discutía con Misha.

-...A tu edad deberías ser más responsable!-

-Por favor Eduardo, ¿qué hicimos? Bailamos, cantamos, nos divertimos, ninguno manejó, yo la acompañé a su casa, ella estaba pasando por un muy mal momento, sé que no te importa, pero cuando dejaste de hablarle ella dejó de vivir, ¿y hoy que vuelve a sonreír, le reclamas? ¿Quién te crees?-

-Banchi, ¿estás oyendo las tonterías de este borracho?- dijo con una sonrisa arrogante.

-Fuera de mi casa- dijo Banchi muy serio.

-¡Ya oíste Misha!- dijo Eduardo. Entonces Banchi se dirigió a Misha y tomó su mano.

-Muchísimas gracias, ella necesita amigos como tú- Eduardo lo miró confundido. -Y tú, Eduardo, fuera... de mi... CASA!- Banchi lo empujó y cerró la puerta, tomó un poco de aire y fue a ver a Tita, pero esta ya dormía profundamente.

Celos Enfermizos

Tita se levantó nueva al día siguiente. Se sentía decidida a olvidar a Eduardo, no había duda de que en el fondo aún se preocupaba por ella. Pero el daño que le hacía tenerlo tan cerca, competía con el dolor que sentía por tenerlo lejos. Ella sentía que podía conformarse con saber que él estaba bien, y para eso tenía a Banchi, para que le informara sobre Eduardo. Si era por ella, no le volvía a hablar y punto, pero entonces aún tenían una ficha en común, Misha. La semana siguiente Tita se dedicó a salir con Misha, y él demostró ser un muchacho sensible y cariñoso, y sobre todo un muy buen amigo, como Banchi, pero más fresco. Esto no le gustaba para nada a Eduardo, pero esto honestamente no le interesaba a nadie, ni a Tita, ni a Banchi, ni mucho menos a Misha. Eduardo se dedicó a seguirlos cuando salían, a preguntar donde se encontraba Misha y a pedir platos complicados en el restaurante a la hora del receso, platos que solo Tita podía hacer, así tenía que quedarse durante el receso y no podía salir con Misha.

-Entonces te gusta Tita- dijo Banchi enojado. Eduardo se rió a carcajadas.

-Ay Banchi, como eres, la quiero muchísimo sí, pero no me gusta- dijo Eduardo divertido. -Me preocupo por ella, no quiero que Misha la hiera-

-Para tener una idea, no quieres que la hiera más o menos que lo que la heriste tú- Eduardo bajó la cabeza.

-Estaba muy enojado con ella, y lo siento, pero igual, tú no entiendes nada-

-No, yo solo entiendo que mi mejor amiga pasó tres semanas que lloraba y daba pena en los rincones y tú nunca te preocupaste, y ahora que volvió a sonreír, te empeñas en acabar con ella, eso entiendo- Banchi se fue enojado y Eduardo cabizbajo lo siguió.

-Tita, hola, tengo que ir a una clase ahora, ¿pero tienes tiempo para mí, como en una hora?- dijo Misha tirándose sobre el mostrador, cansado de correr de una clase a otra. Tita se rió y le trajo un jugo.

-Claro que sí, en una hora- Misha sonrió y se bebió todo el jugo de un trago.

-Uy, que rico, gracias, pues es una cita- y se fue corriendo. Tita empezó a temblar, ella sabía que se refería a una cita como la de un doctor, o con la abuela, pero esas palabras resonaron en el restaurante, y claro que llegaron eventualmente a los oídos de Eduardo.

-¿Oíste que tiene con Misha?- dijo Eduardo enojado.

-Si no te conociera diría que estás celoso-

-Por favor Banchi, no estoy celoso, pero sí me enoja un poco que ella haya cambiado todo ese cariño que supuestamente sentía por mí, que nunca creí por cierto, y ahora lo reparta así a lo loco- Banchi lo miró raro.

-Estás celoso Eduardo... de mala manera... necesitas ayuda-

-¡Claro que no! Solo no quiero que se divierta con mi hermano y no conmigo- Banchi cruzó los brazos y no dijo nada. -Tal vez un poquito celoso, pero celos amistosos, sabes que ustedes fueron mis primeros amigos aquí... pero tienes razón, los dejaré en paz, yo dañé la bonita relación que tenía con Mercedes, ella no era solo mi amiga, yo era su... ¡ESO ES!- Eduardo fue corriendo al restaurante justo cuando Tita iba a salir con

Misha.

-Eduardo, ¿tú aquí? ¿Qué no entendiste?- dijo Misha tomando la mano de Tita y poniéndola detrás de él.
-Mercedes y yo tenemos una junta- dijo orgulloso. Tita y Misha se miraron.
-¿¡Una qué!?-´dijeron al mismo tiempo.
-¿Que ya no recuerdas que soy tu editor? Todo lo que me contaste sobre ese libro maravilloso que quieres escribir, que empezaste a escribir, tal vez yo no sea tu amigo, o como quieras, pero aún soy tu editor, y sacaremos ese libro adelante-
-Mi editor será Banchi, yo lo esperaré-
-Puede que sí, puede que en el futuro Banchi sea tu editor, pero yo soy tu editor actual, la idea de tu libro pertenece a la firma en la cual hago pasantía ¿o no te acuerdas que ya firmaste?- Tita lo pensó un momento.
-Ok, seguiré tu juego, pero ahora mismo voy a salir con Misha, esto es más importante, me reuniré contigo en la noche... en mi casa-
Eduardo no estaba muy conforme, pero asintió y se dieron la mano. Misha la llevó a un jardín

privado, no había nadie allí. Misha sacó de su auto una canasta con comida.

-Hoy era mi aniversario con Yari- dijo Misha para romper el silencio.
-No entiendo-
-Bueno, cuando uno está en una relación sentimental, suele celebrar fechas como el primer mes o el primer año y nosotros...-
-Esa parte la entendí, tonto, hablo de ¿por qué estas aquí conmigo?-
-Había preparado todo esto para nosotros, reservé el lugar, compré las cosas y entonces ella decidió irse, no iba a desperdiciarlo, pero no quería estar solo- Tita lo abrazó, pero no sintió nada, bueno, tal vez un poco de pena, entonces entendió que aún amaba a Eduardo. Pero igual, Misha era su amigo.
-Feliz Aniversario Misha- dijo Tita con una gran sonrisa. Misha suspiró.
-Feliz Aniversario Yari- Misha puso su mano sobre la de ella, y sin mirarla disfrutó del paisaje y comió su merienda. Luego de conversar un rato, Tita miró el reloj, era muy tarde, habían disfrutado de un hermoso atardecer, pero tenía

que cumplirle a Eduardo con la cita. -Gracias Tita, eres una gran amiga-
-No hay de que, es bueno saber que me consideras tu amiga, soy conocida por perder a mis amigos, o mejor, que me abandonen-
-No digas eso, no debes tener miedo de perderme, tu nunca me perderás- Misha le dió un beso en la mejilla y Tita lo abrazó fuerte.
-Nunca entenderás lo mucho que eso significa para mí, no me gustaría perder más gente que quiero- Misha le sonrió y se ofreció a llevarla a su casa. Al llegar, Eduardo estaba allá.

-¿Se puede saber qué hacías con mi no hermano tanto tiempo? Veo que no se quedó a cenar, por lo menos- Eduardo estaba muy molesto, y de alguna manera, Tita lo disfrutaba.
-Bueno, teníamos una merienda de aniversario, y vimos un atardecer hermoso, y charlamos, Misha es muy bueno con las palabras...- Tita le daba un tono soñador a sus palabras, cosa que confundía y enojaba más y más a Eduardo. -Claro que yo lloré, Misha es tan dulce, luego me dió un beso, y se ofreció a traerme a mi casa, fue una tarde inolvidable, uff ¿me das un momento?

debo ir a refrescarme un poco- dijo Tita echándose fresco con la mano. Eduardo estaba que estallaba.

-Pues a mí también me gustan los atardeceres, podría haber ido conmigo- se dijo a sí mismo, pero Banchi lo escuchó.

-A mí también me gustan, esos colores, el paisaje, de seguro que era muy bonito, me dan una envidia esos dos...¿A ti no te dan así como celos? De su amistad, digo, ella pudo ir con nosotros- Banchi sabía exactamente lo que decía, Eduardo no sabía qué podía romper, pero tenía ganas de romper algo. Al cabo de unos minutos, Tita salió de su habitación más relajada.

-Ok, dígame señor editor, ¿qué era eso que quería hablarme tan urgente?-

-¿Yo? De nada, ¿por qué?- dijo Banchi confundido.

-Tú no, aparentemente, Eduardo se robó mi libro y ahora es mi editor, ¿no te había dicho?- dijo Tita encendiendo la llama y echando carbón. Banchi miró a Eduardo con intenciones de asesinarlo.

-Yo... eso no pasó así... yo no sabía que tú... es que

ella me contaba de... hermano no te enojes-
-¿TU? Tú no eres mi hermano, nunca vuelvas a llamarme así- dijo dirigiéndose a Eduardo. Tita miraba a Eduardo burlándose, pero luego Banchi se dirigió a ella. -Y tú, que te la pases bien con tu editor, y que le vaya muy bien a tu libro- Banchi se fue enojado y azotó la puerta de su cuarto. Tita se quedó helada, Banchi nunca la había tratado así.

-Bueno, ya que tenemos la bendición de Banchi, debemos ponernos a trabajar, ¿Qué más has escrito?- Tita lo miró confundida y un poco enojada.
¿Dónde estabas tú? ¿Qué te hace pensar que eso era la bendición de Banchi?- Tita lo pensó un momento. Ella amaba su restaurante, pero su pasión era escribir, y este era su primer libro, estaba aprobado para edición, no podía perder esta oportunidad. Banchi era su mejor amigo, ella sabía que él se daría cuenta de la gran oportunidad que se le ofrecía y le perdonaría. -Lo siento Eduardo, a lo que me refiero es a que sigo leyendo el diario de mi mamá, lo he ido adaptando para escribir el libro, pero escribo

según voy leyendo así que aún no sé exactamente cómo termina-

-Bueno, solo sé que tiene un final feliz-

-¿Cómo así? ¿Por qué?- se reía Tita. Eduardo se acercó a Tita despacio... muy cerca, muy despacio.

-Porque estoy viendo el final de esa historia de amor frente a mí, y se ve muy feliz- Tita se sonrojó, ¿se refería a ellos... o se refería a que ella era el producto del amor de sus padres? Su corazón elegía lo primero, pero su cerebro gritaba lo segundo. -Lo digo porque obviamente se casaron y tuvieron una hija muy talentosa- dijo Eduardo alejándose hacia la sala y tirándose en el sofá... el cerebro ganó. Tita lo miró decepcionada, pero Eduardo no se dio cuenta.

-Claro que sabemos el final de la historia de mis padres, lo que no sé aún es cómo termina mi libro-

-En eso puedo ayudarte, tu eres la escritora, pero darte tips y ayudarte a organizar tus ideas es mi trabajo- dijo levantándose y dándole un fuerte abrazo. Y por más que Tita intentó no hacerlo, volvió a derretirse en el cálido abrazo de Eduardo, ella sabía que sus abrazos le harían daño luego, pero se sentían tan bien, que prefería esos minutos de felicidad aunque le generarán mil noches de tristeza. Eduardo y Tita se sentaron a leer juntos el diario de su mamá y quedaron dormidos en el sofá. El sol los despertó por la ventana de la sala, y al abrir los ojos Banchi estaba sentado frente a ellos.

-Lo pensé toda la noche y creo que puedo aceptar toda esta porquería que se traen ustedes dos- dijo Banchi muy calmado.
-¿Porquería? ¿De qué hablas?- dijo Eduardo, al ver que estaba acurrucado con Tita se levantó rápidamente y Banchi solo sonrió.
-Eduardo, Tita dice que está enamorada de...- Tita se levantó corriendo y le tapó la boca.
-¡De nadie!- gritó Tita sonrojada. Eduardo con su sonrisa pícara comenzó a hacerle cosquillas a Tita y ella no pudo más y soltó a Banchi.
-¿De quién? Anda dime, creí que eramos amigos- decía Eduardo aún haciéndole cosquillas. Banchi se sentó relajado a ver esa tierna escena, pero no aguantó.
-De tí Eduardo, Tita dice estar enamorada de tí- Eduardo se echó a reír, parece que era a él a

quien hacían cosquillas, Tita empezó a ofenderse.

-No, no, en serio, ¿de quién?- dijo Eduardo calmandose un poco. Tita bajó la cabeza y se sentó y hubo un corto silencio. -Anda Mercedes, dime, te prometo no molestarte-

-Estoy enamorada de tí Eduardo, de tu risa, de tu mal genio, de tus ocurrencias, de tu amor por tu carrera, de tu dedicación, de tu cerebro, todo lo que eres y lo que quieres ser-

-¿Me dijiste mal genioso? ¡Yo no tengo mal genio!- Eduardo se cruzó de brazos y Tita sonrió. -Igual eso no es cierto, tu no estás enamorada de mí, eres mi mejor amiga y simplemente no lo estás- Tita se desmoronó en el sofá, pero Banchi la levantó y la puso de pie.

-Ya que todo está aclarado, mi segunda condición es que yo sea co-editor del libro sobre tus padres, por lo menos yo los conocía, Eduardo no sabe nada de ellos... bueno nada fuera de lo que dice el diario-

-Fíjate que me parece una excelente idea- dijo Eduardo emocionado, obviando completamente lo mal que se sentía Tita. Ella se prometió no llorar frente a él, pero era evidente el dolor en su rostro.

El Novio

Tita estaba decidida, no iba a llorar, no iba a sufrir, iba a olvidar a Eduardo, cueste lo que cueste. Pero su amor era como dormir a la intemperie, por más bonito que ella lo pusiera, sin la debida protección, solo terminaría enfermándola. Un día Tita salió del restaurante temprano porque ya no podía más. Se sentó en la plaza del campus, a sentir la brisa, cuando una voz extraña pero peculiar la despertó.

-No puede ser ¿Tita?-
-Sí, ¿qué pa...?- Tita abrió los ojos y quedó muda, sentía como todo se le exprimía adentro. Era nada más y nada menos que Tony, su novio de la secundaria, ellos terminaron porque él tuvo que irse a vivir fuera, y justo ahí conoció a Banchi. -¿Tony? ¿Eres tú?- Tita se levantó y tocó su cara, lo único que podía pensar era en lo mucho que lo quería antes y en cómo esta era la forma perfecta de olvidar a Eduardo.
-Sí, mi prima estudia aquí, y estoy de visita, y algo

me dijo que viniera a buscarla a la universidad... de seguro era el destino- Tita y Tony se miraron a los ojos y por un segundo ella realmente pensó ¿Edu-quién? Tony había sido su primer amor, y nada impedía que fuera el último. Tony se sentó junto a ella a disfrutar de la brisa. -¿Te puedo invitar un café? Cuéntame qué ha sido de tu vida-

-Mis padres murieron, no sé si te enteraste, y ahora vivo con mi mejor amigo... bueno, él vive conmigo-

-¿Sigues viviendo en el mismo lugar?- dijo Tony mirando a las nubes.

-Sí, la casa ya estaba paga, y Banchi y yo vivimos ahí, es bien grande la casa-

-Sí, lo recuerdo- Tony se volteó a mirarla.

-Pero cuéntame sobre ti, te fuiste y no volví a saber nada-

-Soy DJ, ¿recuerdas que tu papá decía que yo nunca llegaría a nada, pues tenía razón, dejé la universidad y me dediqué a la mezcla y composición, no puedo negar que deja un muy buen dinero, pero no es una carrera como la tuya- Tita sonrió.

-Yo también dejé la universidad, me tocó

atender el restaurante de mis padres y ya no tenía ni tiempo ni ganas de seguir estudiando-

-¿Qué estudiabas?-

-Literatura, junto a Banchi, pero cuando murieron mis padres yo me salí y él se quedó- Tony se empezaba a incomodar con la palabra "Banchi". -¿Quieres ir a comer conmigo en el restaurante?-

-¿Es una cita?- dijo con una expresión perversa.

-Ok, puede ser- se rió Tita.

-¿Y no crees que tu novio se moleste?-

-¿Cuál novio? Yo no tengo novio, si a mí nadie me quiere- Tita se reía, pero a Tony no le pareció gracioso.

-¿Cómo puedes decir eso? Si eres hermosa. Creí que vivías con tu novio y eso-

-No! Te dije, mi mejor amigo-

-¿Vives con un hombre y no es tu novio?-

-No, es más como mi hermano- Tony no parecía muy convencido pero asintió y cambió de tema.

-Entonces tienes un restaurante- dijo asombrado mientras caminaban juntos hacia el restaurante.

-Sí, algo así, sabes que lo mío es la Literatura, pero me encanta cocinar y administrar mi restaurante- dijo soñadora mientras Tony se perdía en su sonrisa. -¿Todo bien, Tony?- dijo riéndose.

-Sí, sabes, mi peor error fue terminar contigo- Tita abrió sorprendida los ojos, no podía creer lo que escuchaba, él había sido su primer novio, ella sentía que él era la oportunidad que buscaba para ser feliz. Ella sabía que la quería de verdad, ellos nunca terminaron realmente, él simplemente se fue.

-Técnicamente nunca terminaste conmigo- dijo tomándolo de la mano. -Tú solo te fuiste y ya-

-¿Insinúas que aún somos novios?-

-Si tú quieres- dijo encogiéndose de hombros. Tony se emocionó y la cargó con un fuerte abrazo. Ella sonreía y al bajarla se besaron. Pero Tita se sintió rara, no se sintió como la última vez que se besaron... pero tal vez ella había madurado, tal vez todo era mental, pero ella era feliz, alguien la quería, ya no tenía que sufrir más.

-¡¿TONY?!- decía Banchi mientras escuchaba sobre el día de Tita.

-¡Sí! Estoy tan feliz Banchi-

-Pero... ¿Y Eduardo? ¿Así de repente se fue tu amor por él?-

-NO, me dí cuenta de que nunca estuve realmente enamorada de Eduardo, porque con Tony me siento diferente, y lo mío con Tony sí es amor- dijo cruzada de brazos. Banchi la miraba escéptico.

-Bueno yo solo sé, que cuando entré al colegio te encontré devastada por el idiota. insensible, abusador de Tony... y ahora me dices que tienes "amor" con él-

-Banchi, soy feliz, alguien me quiere, me da cariño, besitos, abrazos, ¿que no crees que me lo merezco?- Banchi la miró con ternura.

-Te mereces eso y mucho más, pero hasta que aparezca...- Banchi la abrazó fuerte y le dio muchos besitos en la frente y los cachetes. -...yo estoy aquí para darte cariño, si eso quieres- Tita se reía, pero lo alejó.

-No lo entiendes, el amor de tu amistad no es ni nunca será igual, ¿o preferirías quedarte conmigo si la alternativa fuera vivir con Nicole?- Banchi lo pensó detenidamente y no respondió, solo se fue a su cuarto. Tita se sentó a leer el diario de su madre.

"No puedo concebir la idea de un día más sin él, quiero que nos casemos y tengamos hijos y seamos una familia por siempre, lo único que podría amar más que a él sería a nuestro futuro bebé. Algún día lo llenaremos de todo el amor que sentimos el uno por el otro. Porque él nació para mí y yo nací para él. Y vivir este amor con sus altos y bajos, con sus peleas y sus acuerdos, con sus lágrimas y sus risas, es algo que yo no cambiaría por nada en el mundo"

Tita lloraba mientras leía en voz alta, cuando no pudo más cerró el diario y lo arrojó al suelo y solo se quedó ahí sentada llorando. Banchi la escuchó y salió de su habitación y se sentó a su lado.

-¿En serio eso sientes por Tony?-
-Eso creo, sí, lo acabo de volver a encontrar, pero sé que con el tiempo me sentiré justo así- decía secándose las lágrimas.
-¿Y Eduardo?- Tita lo miró y volvió a llorar. -Si ya te sientes así por Eduardo, pues ¿no crees que deberías luchar por eso?-
-Banchi, entiende que Eduardo no me quiere

así, y nunca lo va a hacer, yo tengo que olvidarme de él, y esta es la ocasión perfecta, tengo a alguien a quien ya conozco, alguien de confianza, con quien ya tuve algo, que me quiere...- Banchi se levantó molesto y la interrumpió.

-¡Correción, lo conocías, hace años que no lo ves, por lo que sabes podría haberse convertido en asesino serial y lo dejas entrar a tu vida el primer día que se vuelven a encontrar!-

-¡Pues sí, eso es cierto, pero es mi vida y es mi problema!- gritó Tita parándose delante él.

-¡Entonces no vengas a mí con el corazón destrozado pidiendo que te entienda!- gritó Banchi acercándose a su cara. Ambos se retiraron a sus habitaciones y Tita llamó a Tony molesta.

-¿Entonces eso te dijo? Wow, ¿y de veras te sientes así?- dijo Tony por el teléfono luego de escuchar sobre la pelea.

-No, no, yo sé que no eres un asesino serial...¿o sí?- Tony se rió.

-Si lo fuera no te lo diría- dijo Tony en una voz grave. Tita sonrió, Tony siempre había sido capaz de hacerla reír cuando se sentía mal. -¿Y quién es ese Eduardo?-

-Un muchacho que creía que me gustaba, pero no viene al caso, porque...- Tita se tiró en su cama. -...el que me gusta eres tú- dijo con una voz dulce- Tony estuvo en silencio un momento.

-Hmmm, ¿podemos vernos?- Tita lo pensó un momento, no era prudente que saliera, ya era muy de noche.

-No creo, ya es muy tarde-

-No quieres verme para quedarte con el tal Banchi ese ahí trancada en la casa, sabía que ustedes realmente tenían algo- dijo Tony triste.

-¿Dónde quieres que nos veamos?-

-Puede ser en mi casa, alquilé un apartamento y quería mostrartelo- Tita lo pensó otro momento, su mamá siempre decía que evitara hacer cosas buenas que parezcan malas.

-¿Y si nos vemos en una plaza o algo?-

-Te enviaré la dirección por texto, si de veras me quieres como dices vendrás, sino entenderé que todo fue mentira- dramáticamente él cerró el teléfono y ella a los pocos segundos recibió la dirección.

Tita sabía que no quería, mejor, que no debía ir, a esas horas, sola, al apartamento de un chico. Por otra parte, Tony era su oportunidad de ser feliz y no podía desaprovecharla... así que fue. Tomó su abrigo y salió de puntitas para que Banchi no la escuche. Tomó el auto y condujo hasta la casa de Tony. Tocó la puerta y Tony abrió sin camisa. Su cuerpo, como esculpido por los dioses, distrajo a Tita del hecho de que la casa estaba oscura, con velas encendidas por todos lados. Tony la acercó a él y la besó. Ella tocaba su pecho descubierto y sus ojitos brillaron, sonrieron y se besaron. Tony cerró la puerta. Y pasó lo que no tenía que pasar. A la mañana siguiente, la magia terminó.

-Solo viniste para que yo no sospechara-
-Oye, tenemos un día de novios y ya me estás celando de nuevo-
-Es que tú no puedes ser real, eres perfecta y la única solución lógica es que me engañes- dijo mientras encendía un cigarrillo.
-Sabes que odio que hagas eso- dijo tomando el cigarrillo y tirándolo al piso.
-Incluso me haces una mejor persona- se reía

Tony sacando otro cigarrillo.

-Ay no Tony, ya está saliendo el sol-

-Si quieres te llevo a la universidad-

-Banchi va a asesinarme-

-Por engañarlo conmigo- dijo Tony cabizbajo. Tita lo zarandeó entre molesta y divertida.

-Deja de decir idioteces, Banchi es como mi hermano- Tony la miró, no muy convencido de sus palabras, le dio otro gran beso y Tita salió corriendo para su casa. Al llegar Banchi no estaba, pero había una nota en la mesa.

"No entiendo por qué insistes en equivocarte, pero sabes que estoy aquí para tí, no quiero que me cuentes sobre dónde estabas anoche o qué hiciste, porque lo sé perfectamente, y por favor, báñate antes de ir a trabajar. Te quiere. Banchi"

Tita miró la nota y lloró. ¿Se había equivocado en ir a casa de Tony? ¿Había sido acaso la peor decepción de su vida? ¿Tendría que elegir entre Banchi y Tony? entre tener novio o tener a su mejor amigo. La respuesta a esas preguntas era la misma, pero Tita no quería pensar en eso. Se bañó durante un largo tiempo y fue a trabajar. Al llegar al restaurante, Banchi estaba de turno, al verlo corrió hacia él y lo abrazó. Lo que ella no sabía es que Tony se hallaba comiendo ahí... entonces se paró y fue hacia ellos.

-¿Con este es que me engañas, cierto?- dijo Tony desde atrás de Tita. Ella al escuchar su voz soltó a Banchi de repente.
-Tony ya te...- Banchi tapó la boca de Tita y no la dejó terminar.
-Tus inseguridades te las guardas para el jardín de niños, Tita es mi amiga, y yo la amo y ella a mí, pero si tu eres su novio, el amor de ustedes está muy por encima y es muy diferente, no se si tu cerebro de secundaria entiende eso, pero así están las cosas, yo podría bañarme con Tita y no se le movería un pelo- Tony escuchaba, y miraba con un extraño alternado entre ira, tristeza y confusión.
-Banchi ¿cómo te atreves a hablarle así, no sé si MI cerebro de secundaria entendió bien lo que dijiste, pero fue muy grosero- Tita tomó a Tony de la mano y se alejó. -¡Estás a cargo hoy!- gritó molesta mientras se alejaba.

-¿Me prestas tu teléfono?- dijo Tony cuando Tita logró detenerse para que se sentaran bajo un árbol.

-¿Para qué?-

-¿Ocultas algo? Solo quiero verlo- Tita se encogió de hombros y le pasó su teléfono. Tony abrió las fotos y encontró una foto de Tita y Misha, con unos tragos, abrazados.

-¿¡Qué diablos es esto?!-

-Es Misha... tranquilo- dijo Tita un poco asustada. Tony la miró enojado y fue a los mensajes y buscó "Misha", empezó a leer y con cada línea se molestaba más.

-¿O sea que también me engañas con este? Y fuiste tan descarada de darme el teléfono sabiendo que esto estaba aquí- Tita ya se empezaba a molestar, ella no estaba haciendo nada malo.

-No hay ningún engaño ni mucho menos un "también", ya te dije que entre Banchi y yo no hay nada, lo de Misha, pues si, él es muy coqueto, pero él tiene novia, esa es simplemente su forma de ser-

-¿¡Estás loca?! A ver "Hola mi amorsote, recuerda que te quiero mucho" y por aquí "Mi

Tita bella" ¿Y qué con todos estos corazoncitos?!- Tony estaba realmente molesto y Tita realmente confundida. Tita le arrebató el teléfono y se fue. Volvió a su casa pues sentía que no podía ir al restaurante, pero Tony se apareció en su casa.

-No, por favor, ya- dijo triste mientras intentaba cerrar la puerta, pero él la detuvo.

-Eso era, fuiste a mi casa anoche para... conseguir lo que querías y listo, yo soy solo uno más-

-No, por favor, ya- dijo Tita al borde del llanto.

-No te gusta que te digan la verdad, entiendo, a mí tampoco me gustaría si fuera como tú- Tita lo miró y se acercó a él.

-Las veces que nos dijimos te amo esa noche ¿no cuentan?- dijo tomando su cara y dándole un beso lento y suave en los labios.

-No, no cuentan por...que... no... lo sentiste- dijo cruzando las piernas, tratando de esconder lo emocionado que estaba.

-Tal vez me creas ahora- Tita sonrió y se acercó a su oído y susurró. -Te amo Tony- y Tony la agarró por las muñecas y la estampó en la pared y empezó a besarle el cuello.

-Yo también te amo Tita- decía entre besos. -Eres

la mujer más hermosa del universo- Tony la cargó y ella le indicó el camino a su habitación. En la tarde, Banchi llegó y encontró a Tony sentado en la sala jugando, mientras Tita se mataba en la cocina.

-No es justo, ¿me dejaste cocinando sólo, para venir a cocinar para acá?- dijo Banchi con una sonrisa.
-Ay Tita, llegó tu marido, creo que es hora que tu querido se vaya- dijo Tony levantándose. Banchi volteó los ojos y Tita hizo como que no escuchó.
-Mira, rata insegura, a mi no me interesa lo que hagan ustedes dos, siempre y cuando Tita sea feliz, pero escucha que te lo digo...- Banchi lo tomó por el cuello, amenazante, Tony era mucho más pequeño que él y en ese momento se vio diminuto. -...Como se te ocurra hacerla sufrir, desaparece del mapa ¿me escuchaste?- Tony asintió, y Banchi fue a la cocina a ayudar a Tita.
-Bueno me voy, porque aunque tu marido no sea celoso yo si- ambos lo ignoraron y Tony abrió la puerta, y ahí estaba Eduardo. -No, creció el harén de Tita, otro más, ¿este es el de los jueves? No puedo creer que siendo tan linda seas tan

pu...- las palabras de Tony fueron interrumpidas por el puño de Eduardo en su cara. Eduardo no entendía bien lo que estaba pasando, pero no iba a dejar que hablaran así de su amiga, ni aunque estuviera jugando.

-Lo siento, estabas hablando estupideces y temía que te estuviera dando un derrame cerebral- dijo Eduardo intentando no reírse.
-Gracias, yo le tenía ganas, pero luego Tita se enoja conmigo- dijo Banchi yendo a recibirlo a la puerta. -Eso es el novio de Tita, y aparentemente es muy celoso, dime tú, él cree que Tita y yo tenemos algo- Eduardo estalló de la risa.
-Mercedes y tú, ay no, se verían bien raros-
-Tienes razón Tita no está a mi altura- dijo Banchi alborotandole el pelo a Tita.
-Yo pensaba lo contrario- dijo Eduardo chocando los puños con ella. Los tres reían juntos y Tony se levantó.
-Pues yo si te amo y no estoy dispuesto a compartirte-
-No, por favor, Tony, yo te amo a tí- decía Tita abrazándolo, pero Tony la alejó.
-Sí, pero también te acuestas con estos y con el

tal Misha-

-¡A Tita me la respetas!- dijo Eduardo molesto caminando hacia él, pero Tita lo detuvo.

-Sí, ahí está, mira cómo viene este a defenderte, él de seguro te consigue otros hombres- Tita lo miró con lágrimas en los ojos y dejó de detener a Eduardo. Tony salió corriendo y se subió a su auto.

-No, por qué no me dejaste voltearle las tripas- dijo Banchi molesto detrás de Eduardo.

-Sí, entre los dos lo hubiéramos desmembrado-

Tita no dijo nada y se fue a llorar a su habitación. Pasaron las semanas y Tita no salía. Comía una vez al día, y lloraba mucho. Tony le escribía por texto, diciéndole como ella lo usó, como jugó con él, como lo manipuló. Lo peor es que Tita lo justificaba e intentaba explicarse, y pedirle perdón, pero él sólo entendía que ella lo engañaba y que jugó con él. Hasta que un día llegó al límite, Tony le escribió que se suicidaría, lo cual obviamente no era cierto, y ahí Tita recapacitó.

"Haz lo que tengas que hacer, pero cuando pase,

no quiero saberlo"

Entonces lo bloqueó y no volvió a saber de él. Esa noche Tita salió de su habitación y se hizo una gran cena, ante el olor de la cena, salió Banchi de su cuarto y la abrazó por detrás mientras ella cocinaba. Ninguno dijo nada, pero era lo que ambos necesitaban. Al día siguiente Eduardo llegó temprano a la casa.

-Iván me dijo que habías salido-
-Sí, ya me siento mejor, pero no quiero hablar de eso, menos contigo-
-Intentaré no ofenderme, pero no venía a hablar de tus errores recientes, venía porque tenemos un libro que editar... los tres- Eduardo tomó su mano y Tita lo abrazó fuerte.

Eduardo no entendió mucho lo que pasaba, pero la abrazó y Tita sintió una paz que solo había encontrado en los besos de Banchi en su frente. Y entonces supo que el amor es paciente, como Eduardo esperó a que ella se sintiera mejor. El amor es bondadoso, como Eduardo habló con su jefe para convertir a Banchi en co-editor porque sabía que era importante para Tita. El amor no es envidioso, como Eduardo no le importó que Tita eligiera a Banchi como requisito para el libro, por lo tanto el amor no es orgulloso. Entendió que el amor no es egoísta, como Eduardo dejó que ella viviera ese capítulo con Tony. Tampoco guarda rencor, como Eduardo no recordaba las veces que ellos se habían peleado y siempre la recibía con una sonrisa. En fin, el amor todo lo disculpa, todo lo cree, todo lo espera, todo lo soporta. Y lo que ella había entre Eduardo y ella... eso era amor.

La Graduación

Los meses pasaban y el libro iba quedando perfecto. Banchi, Eduardo y Tita realmente eran un gran equipo. Tita intentó convencer a Eduardo de que ella sí estaba enamorada de él, aunque ya había abandonado cualquier esperanza de que estuvieran juntos, pero Eduardo seguía diciendo que no era cierto. Banchi intentaba meterse lo menos posible, pero se encontraba en medio de dos personas a quienes quería mucho, entonces jugaba con Tita a que todo lo que Eduardo hacía era para ella, y jugaba con Eduardo a que Tita era su mejor amiga que lo apreciaba mucho.

Tita decidió que no iba a sufrir más, no podía lograr que Eduardo aceptara que ella lo amaba, así que lo mejor que podía hacer era olvidarlo e intentar vivir una vida lo más feliz posible, porque el miedo de perderlo para siempre eliminandolo de su vida, era mayor que el dolor que le provocaba tenerlo tan cerca.

"No podía creer que estábamos peleados por esa tontería, ¿a quién le importa si yo lo quiero más de lo que él me quiere a mí? Por alguna razón él se enojó, me dijo que yo era una mentirosa, que estaba loca, y se fue... hace un mes que no sé nada de él. Anoche fui a su casa, y sus padres me dijeron que estaba de viaje, pero yo ví encendida la luz de su cuarto, creo que es mejor que me olvide de él, para siempre"

-¡NO!- gritó Eduardo con lágrimas en los ojos.
-Cállate Eduardo, deja que siga leyendo, obviamente se van a arreglar y se van a juntar de nuevo y tendrán a Tita, así que deja tu drama y escucha la historia- decía Banchi calmado mientras los dos escuchaban a Tita leerles el diario, que ya se había convertido en una tradición de los viernes. Llegaban de la universidad, abrían una botella de PRIDE, Tita se sentaba en el sofá con el diario y Banchi y Eduardo se sentaban juntitos en el suelo a escuchar la historia.
-Eduardo, todo estará bien, oye lo que dice la siguiente página- dijo Tita acariciando la cabeza de Eduardo y pasando la página.

"Justo cuando mi esperanza se había ido, escuché que tocaban la puerta... era él, tenía flores, estaba arrepentido, me dijo que me quería, yo le dije que él era el único para mí y que lo esperaría hasta el final de los tiempos, y él me dijo que nunca podría amar a alguien más que a mí aunque lo intentara"

Eduardo lloraba en silencio, y hasta Banchi se emocionó. Tita cerró el diario y fue a la cocina.
-¿Ya? No, sigue, por favor-
-Tenemos la tarde entera leyendo Eduardo, ya tengo hambre, la última vez dijimos que íbamos a hacer una pausa para comer-
-Pero yo no necesito comer, no con una historia tan buena!- Tita y Eduardo discutían de nuevo y Banchi los miraba sonriendo, con ternura.
-Ay ya cásense y dejen de pelear- dijo Banchi ayudando a Tita a sacar los ingredientes de la cena. Eduardo y Tita se miraron y se cruzaron de brazos. -¿Se imaginan qué será de nosotros cuando Eduardo y yo nos graduemos en unos meses?-
-Bueno, creo que tendremos más tiempo para leer y escribir y terminaremos el libro- dijo Tita

emocionada.

-¡Estoy seguro que lo terminaremos antes!- dijo Eduardo desesperado.

-Pero ¿cuál es tu prisa?-

-Debo volver a casa cuando me gradúe, me hicieron una oferta de la editorial, quieren contratarme a tiempo completo en las oficinas de mi país, solo esperan a que me gradúe para que firme el contrato-

Hubo un silencio pesado en la cocina. Tita aguantaba las lágrimas. No quería llorar, porque se alegraba por su amigo, era su trabajo soñado, pero igual no quería que se fuera para siempre. Banchi no quería enojarse, sabía que era lo mejor que le podía pasar a Eduardo, pero igual él también quería un trabajo así y sobre todo sabía que Tita iba a sufrir mucho por su ausencia. Eduardo solo pensaba en lo mucho que deseaba terminar ese libro, para volver con su familia, para él la distancia de Banchi y Tita no era gran cosa, eran sus mejores amigos y hablarían por video y por teléfono todo el tiempo, nada del otro mundo.

-Chicos, solo digo que tenemos que terminar el libro, antes de que yo me vaya-

-¡El libro, el libro, eso es todo lo que te importa, ya veo que nuestra amistad se fue a la porquería, y solo te interesa terminar el libro y largarte!-

-Mercedes, yo no...-

-¡Vete de mi casa, tendré tu estúpido libro en una semana!- Tita se fue a su habitación y azotó la puerta. Banchi y Eduardo se miraron. Eduardo realmente no entendía cuál era el problema.

-Te pasas Eduardo- dijo Banchi moviendo la cabeza de lado a lado.

-¿Qué dije?- dijo Eduardo desesperado.

-Nunca entiendes nada ¿cómo se te ocurre decirle algo así a Tita?- Banchi recordó que Tita ya no quería mencionarle a Eduardo que lo ama.

-¿Qué no sabes que solo le recuerdas que va a perder a su mejor amigo? Y pareciera que no te importa-

-Sí me importa, pero hablaremos por teléfono todo el tiempo y nos podemos llamar hasta con video, no entiendo por qué se pone así, además tú te quedas, no es como que nos va a perder a los dos-

-Ay Eduardo, no es lo mismo el teléfono que... olvídalo, ya la oíste, esta es su casa después de todo, así que será mejor que te vayas- dijo Banchi encogiéndose de hombros.

Eduardo llegó a su casa, un poco triste, cuando iba a abrir la puerta, esta se abrió primero, Misha lo estaba esperando. Misha se veía molesto y apretaba la manija de la puerta tan fuerte que parecía que la iba a romper. Eduardo pasó de largo sin prestarle mucha atención, y Misha lo siguió dando fuertes pisadas pero sin decir nada.

-Ok, necesitas que pregunte ¿Qué pasó Misha?- dijo volteando los ojos.
-Dime tú, ¿por qué tienes que tratar así a Tita? ¿Qué no sabes que ella te...-
-Sí, sí ella me va a extrañar mucho- dijo Eduardo interrumpiendolo. -Oye ¿Y a tí quién te dijo?-
-Pues Tita me llamó hace poco, sonaba triste y molesta, dijo que no quería volver a verte, que solo te vería para entregarte el manuscrito terminado y ya- Misha se calmó un poco y parecía preocupado. Eduardo bajó la cabeza, se

sentó en la sala y sostuvo su cara en sus manos.

-Mi mamá llamó... la extraño mucho Misha... ¿tú no extrañas a la tuya?-

-Para serte honesto no la recuerdo mucho, recuerda que murió cuando yo era muy pequeño- por un momento, olvidaron sus diferencias y se sentaron juntos y se hicieron compañía.

-Yo no quisiera dejar a Banchi y a Tita, son lo más cerca que tengo a una familia aquí, y sé que los extrañaré mucho, pero mi mamá... y esa oportunidad de trabajo, es mi sueño, y entre mi familia y mi sueño pues la decisión de irme está clara-

-Yo también extraño mucho a mi papá, él era mi mejor amigo, y hasta tu mamá me hace falta si supieras- Eduardo se rió un poco y lo abrazó.

-Gracias por estar aquí, no hermano- dijo con una sonrisa-

-Cuando quieras, hermano mayor- dijo Misha orgulloso. Se levantó y le dio unas palmadas en la espalda. -Igual Tita no tiene que pagar por tus problemas, debiste ser más consciente con ella- Misha tomó una manzana de la mesa y se metió a su habitación y Eduardo pensativo se recostó en el sofá y allí se quedó hasta el otro día.

En casa de Tita, la tensión era palpable. Banchi no sabía de qué lado estar, por una parte entendía que Eduardo quisiera volver a ver a su familia, pero no debió ser tan frío, por otra parte odiaba que Tita estuviera triste, pero ella sabía que Eduardo era extranjero y solo vino a estudiar. Tita se enojó con él por no estar únicamente de su lado, pero él sabía que ella no podría estar molesta por siempre.

-Soy lo único que te queda, Tita- dijo Banchi mientras Tita preparaba su desayuno en silencio, ella lo ignoró y siguió sin decir nada. -Soy tu única familia- Tita lo ignoraba y Banchi se cansó, se paró frente a ella, la agarró fuerte por los brazos y atrapó su mirada. Tita lo miró un momento, sus bellos ojos color café y su peculiar perfume, era su hermano, y realmente era todo lo que tenía.
-No es cierto, tengo tíos en el extranjero-
-Pero yo soy todo lo que tienes aquí, aquí donde está tu vida, aquí donde está tu negocio- Tita lo miró un poco decepcionada, pero se le ocurrió

una gran idea. Se soltó del agarre de Banchi y miraba soñadora al vacío.

-Puedo irme a vivir con mis tíos, y así estar más cerca de Eduardo- ya ese era el colmo, Banchi se cansó, nunca había querido decir nada malo, por miedo a que Tita se enojara o se sintiera triste, pero no aguantaba más.

-¿Y PARA QUÉ? ¿Qué ganas tú con estar cerca de él? Él nunca va a estar contigo, él no te va a hacer feliz como tú quieres, deja de perseguirlo, eres patética- en el segundo que terminó de decirlo, empezó a arrepentirse, pero por suerte, Tita tenía puestos lentes de soñadora.

-Nunca dijiste que no me quería, que sintiera algo por mí- dijo con una gran sonrisa.

-Eso no lo sé, y no dudo que tal vez sienta algo por tí, eres bonita, talentosa, muy buena amiga, brillante... pero eso no importa, él nunca lo admitiría, ni mucho menos haría nada al respecto, por favor Tita, mientras más te ilusiones, más dolerá- Tita bajó la cabeza, ella sabía que Banchi tenía razón y solo quería lo mejor para ella.

-Tienes razón, no puedo ordenarle a mi corazón que no lo ame, pero puedo forzar a mi cerebro a que no se ilusione, es mejor si no lo veo un tiempo, para acostumbrarme a su ausencia-

-Tu problema es el extremismo Tita, nadie dijo que se va a ausentar, solo no va a estar físicamente aquí, imagina que tus padres estuvieran vivos, ¿no darías lo que fuera y dejarías atrás a quien fuera por pasar tiempo con ellos?- Tita bajó la cabeza y asintió. -Bueno, Eduardo aún tiene a su mamá, y la extraña y es lógico que no piense en nada más-

-Claro que sí, en el trabajito ese- dijo enojada en su cara.

-No es un trabajito, es su trabajo de ensueño, ¿recuerdas cuando aprobaron tu libro para edición con Eduardo como editor? Me habías prometido eso a mí y no te importó pasarme por encima, porque ese era tu sueño- Tita volvió a bajar la cabeza. -Pues entiende que este es el sueño de Eduardo-

-¡Yo entiendo eso, pero lo necesito, Banchi! Lo necesito conmigo- Tita empezó a llorar y Banchi la abrazó. Tita entonces se secó las lágrimas y prometió en su corazón nunca volver a llorar por Eduardo de nuevo. -Tengo un libro que terminar, y ya sé exactamente cómo terminará, le daré a mi libro el final que se merece, el final que yo no tendré, pero el final que mis padres tuvieron-

-Creí que querías hacerlo más trágico, más realista-

-Eso es exactamente lo que haré-

UNA SEMANA DESPUÉS

-Nunca había sido tan feliz, estaba casada con el hombre que amaba, teníamos una hermosa hija en camino, y todo era perfecto. Luego de tantos altibajos, luego de tanto dolor, por fin estábamos juntos, por fin seríamos felices. Una llamada del hospital hizo que mi sonrisa se volteara, era mi esposo... el padre de mi hija, estaba enfermo de gravedad... NOOO-

-Anda, sigue leyendo- dijo Tita con media sonrisa, orgullosa de su trabajo.

-Por favor, no me digas que harás eso- decía Eduardo con lágrimas en los ojos. Pero tomó aire y siguió leyendo. -Ahhh... ya, comprendo, mira, no está mal, me gusta en serio, honestamente no es lo que esperaba, le da un giro dramático, pero real, y con final dramático, muy bien- dijo cerrando el libro y estrechando la mano de Tita. Banchi sentado a su lado lo miraba escéptico.

-¿En serio te gustó?-

-Sí, de verdad, yo esperaba un "y se casaron y vivieron felices para siempre" pero el lector merece algo más real-

-Pues yo no estoy de acuerdo, sus padres eran los protagonistas, ellos no merecían eso-

-Banchi, ya están muertos, y su historia fue hermosa de principio a fin, hasta el día en que murieron juntos y encontraron sus cuerpos agarrados de la mano- dijo Tita, triste. -Ya tienes el libro, las regalías en mi cuenta de banco por favor, te anexé una hoja con todos los datos- Tita se volteó y se dirigía a su cuarto. Eduardo la tomó del brazo y la haló hacia él en un fuerte abrazo.

-Te voy a extrañar tanto, eres la mejor amiga que he tenido, y aunque ya no quieras ser mi amiga, yo siempre estaré ahí para tí- Tita suspiró, ya estaba cansada de llorar por Eduardo, pero se permitió derretirse una vez más entre sus brazos, fue el abrazo más largo de la historia, parecía un abrazo de despedida, como de dos personas que nunca se volverían a ver.

Ya faltaba poco para la graduación de Eduardo y Banchi. Tita se enfocó de lleno en el restaurante, haciendo mejoras, arreglando el menú, todo lo que estuviera a su alcance para no pensar en Eduardo. Eduardo y Banchi estaban muy ocupados con los preparativos de la graduación y no habían ido a trabajar en semanas, y mientras menos los veía era mejor para Tita.

La graduación llegó, ambos invitaron a Tita, pero ella estaba conflictuada. Quería estar ahí para Banchi, pero definitivamente la graduación de Eduardo sería un evento doloroso... pero no podía fallarle a su mejor amigo, se arregló y salió para la graduación. En el evento, Eduardo y Banchi estaban nerviosos, pero emocionados, y ambos buscaban a Tita entre la multitud.

-¿Sabes? No creo que Mercedes quiera venir a verme graduarme-
-Eso no importa, ella es mi mejor amiga y vendrá por mí- decía Banchi muy convencido.

-Por favor, tomen sus asientos para empezar la ceremonia- dijo la maestra de ceremonias por el micrófono. Banchi y Eduardo se miraron, no veían a Tita. Eduardo sonrió, aparentemente tenía razón.

-Uy más le vale que le haya pasado algo, porque si no, nunca se lo perdonaré- dijo Banchi muy molesto.

-No lo digas ni de broma, claro que no iba a venir, ¿o crees que tu amistad es más fuerte que sus sentimientos por mi?- Banchi lo miró asombrado, ¿por fin estaba dispuesto a admitir que Tita estaba enamorada de él? ... Claro que no, hablamos de Eduardo. -Sí, sus sentimientos de odio profundo-

-Por favor, Tita no te odia, ella te...-

-SHHHH- le hacían sus compañeros alrededor.

Luego de la ceremonia, Eduardo y Banchi aún buscaban a Tita entre los invitados. Banchi no podía creer que en serio se había perdido su graduación, un evento del que habían hablado desde que se conocieron. Ambos fueron a casa de Tita a pedirle una explicación... pero Tita no estaba ahí.

-¿Y si le pasó algo malo por lo que dije?- decía Banchi asustado sin poder respirar, casi llorando.

-Por favor, este no es el libro de Mercedes, cálmate, de seguro se fue de fiesta con Lulú, ella es así, ya volverá, yo iré a casa, le prometí a Misha que cenaría con él- dijo volteando los ojos. Eduardo se fue y Banchi se quedó en el sofá, preocupado, intentó varias veces el celular de Tita, pero no respondía. ¿Debía salir a buscarla? ¿Pero donde la buscaría? Ni siquiera sabía a donde había ido, ya sé.

-Hola, Lulú, soy yo, Banchi, ¿Tita está contigo?... ¿No?... No, por nada, muchas gracias- Banchi empezó a llorar, tal vez si hubiera terminado en el hospital, el hospital lo llamaría, como en el libro, pero ¿y si no llegó al hospital? o nadie encontró su cuerpo. Se quedó dormido de tanto llorar y a la mañana siguiente, esperando que todo haya sido un sueño, corrió al cuarto de Tita... pero no estaba ahí. Banchi hablaba solo, en posición fetal cuando escuchó que abrían la puerta. Debía ser Tita! Nadie más tenía llave, entonces podía llegar a su casa, entonces pudo haber ido a la graduación. Banchi se levantó molesto y abrió la puerta antes de que Tita lo lograra... y entonces se detuvo a verle. Tita tenía un ojo morado, un yeso en una pierna, entró con ayuda de sus muletas y Banchi se quería morir.

-Perdón, perdón, perdón Banchi- él no podía creer que ella era la que le pedía perdón. Ella llevaba puesto un hermoso vestido, pero todo roto y sucio..
-¿Perdón?-
-Sí, yo quería ir a tu graduación, no quería que creyeras que mis sentimientos por Eduardo eran más importantes que nuestra amistad, habíamos hablado de la graduación desde que nos conocimos, y de camino tuve un accidente, estaba tan molesta por no estar ahí para tí... y por haber chocado tu auto... que le dije a la gente del hospital que no te interrumpiera, no me hice mucho tampoco, llevaba el vidrio abajo y con el impacto salí por la ventana, me fracturé un poco la pierna, pero sanará pronto y me golpeé la cara con la calle, nada muy importante, no como tu graduación, cuéntamelo todo- dijo Tita escondiendo su dolor y cojeando hasta el sofá. Banchi la miró y sonrió, sus ojos completamente

mojados, la abrazó y besó toda su cara.

-Tú estás loca, muy muy loca, si te llega a pasar algo, yo me muero, no importa mi graduación, lo que importa es que estés bien-

-Ouch, Banchi, mis costillas- se reía Tita.

-¿No que solo te golpeaste la cara y la pierna?- decía apretándola más fuerte. Tita sonrió con dolor, Banchi era la única familia que tenía y estaba feliz de que no se hubiera enojado con ella... pero entonces tocaron a la puerta. Banchi fue a abrir, aún con una sonrisa... era Eduardo.

-Te veo feliz ¿Apareció?- dijo Eduardo metiendo la cabeza. Entonces la vió y empezó a llorar, Tita y Banchi se miraron extrañados, Eduardo corrió a ella y la abrazó. -¿Qué te pasó mi a...miga?-

-Me caí del carro- dijo Tita alejándolo de ella. Eduardo la miró confundido.

-¿Te caíste... de un carro?-

-Sí, luego de que otro carro la embistiera, pero técnicamente sí, lo que le pasó fue que se cayó del carro- dijo Banchi encogiéndose de hombros, muy natural. Eduardo los miró a los dos un momento y empezó a reírse.

-Esas son cosas que solo te pasan a tí, pero igual

me alegro que estés viva- dijo abrazándola nuevamente. Tita volvió a alejarlo. -¿Qué pasa?-
-Tu vuelo sale hoy Eduardo, solo no olvides mi libro, yo llegué hace poco y quiero descansar, buen viaje- Tita se retiró y Eduardo la dejó ir, se despidió de Banchi y salió de su casa sin mirar atrás.

Viviendo sin ti
(Eduardo)

Los primeros meses luego de la graduación, Eduardo llamaba todas las semanas, era feliz con solo hablar con sus amigos, hacía videollamadas y Tita y Banchi le hablaban de cómo iba todo. Hasta que de repente, una semana llamó y no pudo comunicarse, igual a la semana siguiente. Eduardo daba vueltas como loco en su casa. Marcaba y marcaba a ambos teléfonos, pero ambos sonaban apagados. No sabía si estaba enojado, preocupado, triste, o qué, solo sabía que sus amigos ya no estaban.

-Mami, creo que ya mis amigos se olvidaron de mí-
-¿Tus amiguitos de los que siempre me hablas? Son unas linduras, deberías invitarlos-
-No, no, mami, ¿cómo crees? Ellos tienen una vida allá, un negocio, y no pueden venir, pero Mercedes siempre me toma el teléfono a esta hora-
-¿No le habrás hecho una de las tuyas?-

-No, si nos despedimos en buen término, y he hablado con ella todas las semanas- dijo Eduardo tirándose vencido en la sala, su mamá se sentó a su lado y acariciaba su cabello, Eduardo sonrió y se relajó, nunca lo admitiría, pero le amaba que Tita le hiciera eso. -Mi amiga a veces me acariciaba el pelo... la extraño, es mi mejor amiga-
-¿Te gusta?- dijo su madre emocionada.
-No, mamá, claro que no, nunca, ella es como una hermanita, con la que me llevo bien... no es una Misha-
-Deberías llevarte bien con el pobre Misha, él te admira muchísimo- Eduardo estaba preparado para responderle cuando su teléfono sonó.

-¡Mercedes!- respondió de inmediato sin mirar la pantalla.
-No... hablamos de la editorial-
-Ah, si, me dijeron que tenía una entrevista mañana para el puesto de Sub-editor-
-Para eso lo llamamos, ya no lo requerimos en ese puesto- el corazón de Eduardo se fue al piso, y lo primero que pensó fue "regresaré con mis amigos"

-Bueno, muchas gracias por avisar-
-No, no, creo que no nos entendió, quisiéramos que aplicara para el puesto de Editor en jefe- el corazón de Eduardo se fue al piso, y lo primero que pensó fue "soy rico". Eduardo intentó componerse.
-Oh, ya veo, muchas gracias, nos veremos mañana entonces- dijo lo más tranquilo posible, cerró el teléfono y empezó a saltar por toda la casa.

-Mi hijo, ¿qué pasó?- decía su mamá con una sonrisa mientras lo seguía con la mirada.
-¡Tengo que llamar a Mercedes!- emocionado tomó de nuevo el teléfono y le marcó, pero nadie contestaba, entonces se entristeció.
-Pero dime a mí, olvídate de esa gente- dijo su madre abrazándolo. Eduardo tomó aire y gritó emocionado de nuevo.
-¡Voy a ser Editor en jefe!- y volvió a saltar por la casa. -¡Editor en jefe, editor en jefe, editor en jefe!- repetía alegre.
-Intenta no hacer eso en la entrevista- se reía su madre.
-Claro que no mami- dijo deteniéndose y

poniéndose serio. -Solo estoy dejándolo salir ahora para no sobre emocionarme en la entrevista- Eduardo exhaló largo y se sentó. -Ya estoy mejor, me dijeron que les gustó mi desempeño con el libro de Mercedes, y que tenían esa vacante y querían probarme para el puesto-

-¡Felicidades mi niño! ¿Ya ves como cosas buenas le pasan a la gente buena?- su madre lo abrazaba contenta, pero todo lo que Eduardo quería era compartirlo con Tita, quería restregarle que sí hizo un buen trabajo con su libro, tan buen trabajo que lo estaban considerando para una excelente posición... pero eso ya no era posible.

A la mañana siguiente se marchó hacia la editorial, se vistió con su traje más elegante, el papá de Misha le prestó su perfume, olía como un millón de dólares, se sentía superior, pero por dentro algo faltaba. Entró en el edificio y todos murmuraban o solo se quedaban con la boca abierta, las chicas le coqueteaban a la distancia, se sentía raro, pero muy halagado, él nunca pudo aceptar lo apuesto que era.

-Buenas soy...-

-¡Tú debes ser Eduardo!- lo interrumpió la entusiasmada secretaria.

-Je je, sí, soy yo- reía nervioso.

-Por favor, pase, ya lo anuncio- ella tomó el teléfono deprisa y Eduardo se encaminó hacia la puerta que decía sala de juntas.

Eduardo abrió la puerta despacio y las personas dentro hablaban casi en susurros. Reconoció a su ex-jefe, a la dueña de la editorial y a su abogado... ¿Qué entrevista era esta? Cuando vieron a Eduardo, todos hicieron silencio, su ex-jefe sonrió y se levantó.

-Eduardo, muchacho, qué placer tenerte aquí- el señor lo acompañó a sentarse y Eduardo seguía extrañado, tanta atención parecía surreal. -¿Recuerda el libro que editaste cuando estudiabas fuera?-

-Claro, el libro de Mercedes "Cómo me enamoré de mi cliente" ¿qué pasó?-

-Es que fue un éxito en ventas, queríamos ofrecerte la posición, sin entrevista y sin procesos, nuestro abogado está aquí para ver que negociemos y firmes el contrato hoy mismo- Eduardo abrió grandes los ojos, quería saltar por toda la sala de juntas, pero si había un momento para ser un adulto, ese era.

-No hay problema, me encantará trabajar con otros editores y autores-

-Esa es la cosa, Eduardo, queremos que convenzas a Mercedes de que escriba su próximo trabajo con nuestra editorial- Eduardo tragó en seco, él lo haría encantado, pero Mercedes no quería hablar con él, mucho menos trabajar con él.

-Pueden darlo por hecho, ella no solo es una gran escritora sino una de mis mejores amigas, claro que traerá su próximo libro, solo tengo una condición, ya que soy editor en jefe, quisiera contratar al editor de su próximo libro, siento que sería más provechoso para ella tener a su editor cerca, ya saben, yo conozco su proceso-

-¡Trato hecho! Mientras tú lo supervises, todo estará bien- firmaron el contrato y todos celebraron con champaña, todo era perfecto, excepto la cláusula de que si él no conseguía el libro de Tita para su editorial podrían demandarlo por una gran suma... pero Eduardo tenía un plan.

-¡¿Cómo te fue en la entrevista?!- gritó su madre en cuanto Eduardo entró a su casa.
-No hubo entrevista mamá- Eduardo estaba un poco deprimido, por la expectativa de que su plan fracasara, su madre lo entendió completamente mal.
-¿No te dieron el trabajo?-
-No, no es eso, sí me lo dieron, sin entrevistarme ni nada, solo me ofrecieron ser editor en jefe- la madre de Eduardo saltó de alegría y lo abrazó, pero Eduardo seguía pensativo.
-¿Qué pasa mi amor? ¿No estás feliz por el trabajo?-
-Sí, muy feliz- dijo tirándose en la sala. -Pero firmé un contrato que me compromete a que Tita escriba otro libro con esta editorial- la madre de Eduardo comprendía la gravedad de la situación, conocía a su hijo y sabía que ya Eduardo les había asegurado ese libro, pero igual sabía que Tita no le respondía.
-Vuelve-
-¿Que vuelva? Yo no puedo mami-
-Sí puedes, yo pagaré tu avión, y Misha aún está

viviendo allá, no necesitas más, solo ve, arregla que ella escriba para ti y vuelve- Eduardo lo pensó y era realmente una buenísima idea. Al día siguiente, Eduardo tomó el primer vuelo pero llegó bien tarde, así que fue a su casa.

-¡Hermano mayor!- dijo Misha emocionado y lo abrazó.
-Hola pequeñín, una pregunta ¿has sabido algo de Mercedes?-
-¿Hablas de Titanchi?- dijo Misha volteando los ojos.
-¿De qué? ¿Qué se supone que es eso?-
-Luego que te fuiste Tita se puso muy triste, pero de un tiempo para aca, Banchi no la deja sola y ella volvió a hacer feliz, un día le pregunté a Banchi y me dijo que estaba mejor porque dejó de hablar contigo- Eduardo se sintió tan mal, él la ponía triste y no quería dañar su felicidad apareciendo solo para desaparecer de nuevo. -Perdón por decirlo así, yo solo...-
-No te preocupes, Misha, gracias- Eduardo se dirigió a su cuarto y llamó a Banchi desde el teléfono de Misha.

-Misha, ¿qué me cuentas?-

-No Iván, soy yo, Eduardo, qué bueno escuchar tu voz de nuevo-

-E...- Banchi no pudo decir su nombre, Tita estaba a su lado. -E...estás bien?-

-Entiendo, Mercedes está ahí y no quieres que sepa, yo lo sé, pero en realidad quiero hablar contigo, en honor a la bella amistad que una vez tuvimos, ¿puedo hablar contigo un momento?- Eduardo sonaba sincero y Banchi dejó escapar una lágrima, pero la secó antes de que Tita la viera.

-Claro Misha, ¿qué necesitas?-

-Quiero ofrecerte un trabajo, como editor en la firma que trabajo-

-¡¿EDITOR?! ¡Claro que sí! ¿Qué tengo que hacer?- Tita lo escuchó y se emocionó también.

-Mira, estoy en un predicamento, me ofrecieron ser Editor en jefe, pero solo si Mercedes escribe su próximo libro para mi editorial, así que les pedí que te contrataran como su editor, así yo como editor en jefe trabajaría contigo y no interrumpiría la felicidad de Mercedes- Banchi se puso la mano en el corazón, él estaba convencido de que Eduardo quería a Tia más de lo que admitía, pero sabía que él nunca lo admitiría y solo la haría sufrir.

-Dalo por hecho, yo lo hago... y dale las gracias a Eduardo, Misha-

-Gracias Iván- Eduardo cerró el teléfono. No pudo decirle que estaba en el país, no tenía sentido, era obvio que no querían verlo, pero él necesitaba comprobar que Tita estaba bien. Condujo a casa de Tita y miraba desde afuera, al poco tiempo Tita y Banchi salieron, tomados de la mano, riendo felices, Tita abrazó fuerte a Banchi y entraron en el auto. Eduardo no sabía qué estaba sintiendo en ese momento, pero algo en él le dijo que necesitaba seguirlos. Llegaron a un restaurante y se sentaron en las mesas del patio, hablaban muy de cerca, y se reían, no tenía sentido ver más, eran felices, y eso hacía feliz a Eduardo.

Eduardo volvió a su casa y recogió su mochila, se despidió de Misha y tomó el primer vuelo de regreso. Su madre lo esperaba en el aeropuerto. La abrazó feliz, no quería que su madre se preocupara, o peor, que se enojara, pues todo se hubiera resuelto a través de Misha, sin tener que gastar dos pasajes de avión.

-¿Lograste convencerla, hijo?-
-Claro mami, después de todo, es mi amiga, ella no me diría que no a algo tan importante-
-Qué bueno, siempre supe que ella era una buena chica-
-Sí mami, la mejor- Eduardo sí estaba triste por lo feliz que estaba Tita sin él, la que tanto decía que lo amaba, ya no lo necesita, y está mucho mejor sin él.

Al cabo de una semana llegó el primer cheque de las regalías del libro de Tita, y sin verlo, lo empacó y se lo envió por correo, debía ser unos 300 o 400 dólares, era su primer mes, no debía ser tanto, pero él enviaría mensualmente de manera casi automática las regalías de Tita. Eduardo sí percibía un buen sueldo y trabajaba con los editores de varios libros, y era feliz, pero de todos su libro preferido era la historia de los padres de Tita, un libro lleno de romance, pero no era un romance clásico, donde todo sale bien, al cabo del primer año, ya había leído el libro de Tita catorce veces, lo podía recitar de memoria.

Un día estaba en una plaza releyendo el libro de Tita mientras se bebía un café, cuando una chica alta, rubia, de brillantes ojos azules se le acercó.

-Perdón, por molestarlo, pero ¿es usted Eduardo?- dijo un poco nerviosa.
-Sí, soy yo, ¿por?- dijo bajando su libro, al verla se impresionó por las hermosas facciones de su cara, parecía una modelo.
-Yo... bueno... yo soy tu fan, soy escritora aficionada y me encantan los libros que has editado-
-Bueno, el trabajo es de los escritores, ellos son los verdaderos artistas- dijo sonrojado. La chica entusiasmada, se sentó junto a él
-Sí, pero tú organizas sus ideas, tu le das ritmo a sus pensamientos y cuerpo a su historia- la chica hablaba con una pasión que enternecía a Eduardo.
-¿Cuál es tu libro favorito, a ver?-
-Me encanta "Cómo me enamoré de mi cliente" yo quisiera vivir una historia así-
-Ya quisiéramos todos, ese es mi favorito también, lo escribió una...- Eduardo pensó en Tita un momento y sonrió. -...una ex amiga,

sobre el noviazgo de sus padres, justo lo estoy leyendo de nuevo- dijo Eduardo enseñándole el libro, la muchacha muy fresca lo tomó de entre sus manos y lo miró fijo como si fuera de oro... lo que ella no sabía es que para Eduardo sí lo era. -¡Dame eso!- dijo arrebatándoselo de vuelta. -Esta es la primera copia que salió del libro en todo el mundo, y ella me la regaló- Eduardo se perdió de nuevo en el espacio. La muchacha se perdía en los ojos de Eduardo, un hombre tan sensible, tan intenso, tan apasionado, la chica, no aguantó y se le abalanzó, Eduardo quedó helado de la impresión mientras ella lo besaba.

-Ay, discúlpame- dijo la chica avergonzada, mientras veía a un Eduardo petrificado.
-No no, no hay problema, eso pasa mucho últimamente- dijo aún sin poder moverse.
-¿En serio?- dijo picándole a ver si lograba moverse. Eduardo se compuso y se sacudió.
-Sí, aparentemente soy famoso en el mundo literario, y eso atrae a las chicas, o será que ahora soy rico- dijo en un tono burlón.
-Ja ja, sí, eso será, o que eres tan guapo, inteligente, sensible, apasionado, tus ojos...- la

chica se iba acercando con cada palabra y Eduardo sonrió.

-Nah, no tengo nada de eso, debe ser el dinero, fue un placer conocerla señorita...-

-Claudia!-

-Claro, Claudia, un placer, pero tengo que irme-

-Perdón, antes de irse...- Claudia sacó de su bolsa un ejemplar del libro de Tita. -¿Me podría autografiar este ejemplar?- Eduardo sonrió.

-Claro que sí, con mucho gusto, a ver...- Eduardo sacó su pluma y abrió el libro. -Para Claudia, la chica más linda que me ha besado sin permiso, con amor, Eduardo- Claudia tomó el libro y lo abrazó y saltó hacia su mesa con sus amigas. Eduardo sacudió la cabeza, terminó su café de un sorbo y se dirigió a su casa. Al llegar tiró su maletín en cualquier sitio y se tiró en el sofá de la sala a descansar.

-Amor, ¿no viene siendo hora de que te mudes? Sabes que yo te amo, pero con tu buen sueldo, a tu edad, ¿no quisieras más privacidad? ya sabes, traer chicas a tu casa y eso- decía su mamá mientras recogía su maletín y sus zapatos-

-No te preocupes mamá, la falta de chicas no es

por tí, las chicas hoy día solo quieren mi dinero, y mi fama, cuando no tenía nada era más fácil distinguir si me querían o no, pero ahora realmente no me interesa tener chicas, además, si me mudo tendré que pagar un servicio de limpieza y tú lo haces gratis, porque me amas y me trajiste al mundo- decía en el tono más cínico posible, pero su mamá solo se rió, ella sabía que su verdadera razón era que no podía vivir lejos de su madre, ya había pasado tres años en un país extraño sin su familia y era difícil volver a dejarla.

-¿Y cómo va el libro de tu amiga?-

-Su editor solo me dice que es una obra maestra, y que es parecido, o bien, basado en el anterior, y eso gusta en estos días- la mamá de Eduardo notó el libro en su maletín.

-Dime por favor que no estabas leyendo esto de nuevo- dijo volteando los ojos y arrojandole el libro a la cabeza.

-Ouch, mami, es pesado, y sí, lo estaba leyendo de nuevo, es muy bueno, me acuerda mucho a Mercedes, mi amiga que lo escribió- la mamá de Eduardo se sentó curiosa a su lado, puso la cabeza de Eduardo en sus piernas y mientras la acariciaba preguntó.

-¿Cómo ese libro te acuerda a ella?-

-Bueno, hay ciertas partes que me acuerdan a nosotros, por ejemplo, al principio dice *"Ese día es algo que recordaré por siempre, yo trabajaba en la cafetería de mi padre, ... él me miró y me sonrió y yo supe que mi vida no sería igual, después de ese día ha venido diario a comer enchiladas"* Yo también la conocí trabajando en el restaurante, y de hecho me pareció bonita, y luego de eso fui a comer todos los días allá, incluso trabajaba allá-

-¿Tú? ¿Trabajando en un restaurante?- dijo su madre sorprendida.

-Sí, lo sé, pero me gustaba trabajar con ella... y con Banchi, nuestro amigo. Pero hay más, donde dice *"Al principio me parecía confianzudo, pero en realidad yo también lo era, porque sentíamos que nos conocíamos de toda la vida"* eso es nosotros, completamente, y en una parte decía *"Me encanta que puedo contarle todo"* y así era, nos contábamos absolutamente todo. y entonces está la primera vez que ella cocinó para él- Eduardo se detuvo y pensó en Tita un momento. -Mami, Mercedes cocinó para mí una vez, y yo le hice guacala a su comida, pero a Misha le encantó, admito que no estaba tan mal, pero era una competencia y la que yo cociné no le gustó así que tenía que empatarla- la madre de Eduardo se rió a carcajadas y besó su frente. Eduardo se sentó, pensativo, algo triste.

-¿Qué pasó, mi amor?- dijo su madre abrazándolo.

-Hay una parte mamá, decía *"No podía creer que estábamos peleados por esa tontería, ¿a quién le importa si yo lo quiero más de lo que él me quiere a mí? Por alguna razón él se enojó, me dijo que yo era una mentirosa, que estaba loca, y se fue... hace un mes que no sé nada de él. Anoche fui a su casa, y sus padres me dijeron que estaba de viaje, pero yo ví encendida la luz de su cuarto, creo que es mejor que me olvide de él, para siempre"* ¿Y qué tal si era cierto?-

-¿Qué era cierto?-

-Ella duró meses intentando convencerme de que estaba enamorada de mí, una tontería, y de repente se cansó, y dejó de decirlo, nunca lo desmintió, pero dejó de decirlo...-

-Te importa mucho esa chica, ¿cierto?-

-Creo que sí mamá, incluso esto me recuerda a una vez que me sentí más o menos así, oye *"Nunca había sido tan feliz, estaba casada con el hombre que amaba, teníamos una hermosa hija en camino, y todo era perfecto. Luego de tantos altibajos, luego de tanto dolor, por fin estábamos juntos, por fin seríamos felices. Una llamada del hospital hizo que mi sonrisa se volteara, era mi esposo... el padre de mi hija, estaba enfermo de gravedad"* Ella no fue a mi graduación y me estaba volviendo loco pensando que algo le había pasado, y se supone que estaba molesta conmigo, pero cuando apareció, yo estaba tan feliz. que no puedo explicarlo, pero me dijo que me fuera, porque mi vuelo salía en poco tiempo...-

-Por lo que escucho amor, ella te quería y tú la forzaste a olvidarte, el amor no es algo que se desperdicia, y por lo visto tú también la quieres ¿era tan difícil darle una oportunidad?- Eduardo bajó la cabeza y la apoyó en sus manos.

-Sé lo que tengo que hacer, la respuesta está también en el libro, si estamos reviviendo el amor de sus padres lo que tengo que hacer está justo aquí, oye *"Justo cuando mi esperanza se había ido, escuché que tocaban la puerta... era él, tenía flores, estaba arrepentido, me dijo que me quería, yo le dije que él era el único para mí y que lo esperaría hasta el final de los tiempos, y él me dijo que nunca*

podría amar a alguien más que a mí aunque lo intentara" ¿cierto?- su madre sonrió y lo besó.
-Ve por ella-

Eduardo abrazó a su mamá, y se dirigió al aeropuerto, pidió una semana de vacaciones en el trabajo y se la concedieron siempre y cuando pueda consultar por teléfono en caso de emergencias. Eduardo viajó, practicando en su mente todo lo que iba a decir, en la tienda del aeropuerto, al aterrizar, compró un ramo de flores bien bonito, eran horas de oficina, así que se fué al restaurante, donde trabajó a gusto por tanto tiempo, pero al entrar a la cocina, no pudo creer lo que vió, Banchi estaba en una rodilla, con un anillo y Tita lo miraba con las manos en la cara. Eduardo no quiso preguntar, salió corriendo y fue a su casa con Misha. Creo que nos perdimos de algo, veamos la versión de Tita y Banchi.

Viviendo sin ti
(Titanchi)

Los primeros meses luego de la graduación, Eduardo llamaba todas las semanas, pero Banchi se daba cuenta que Tita vivía para esas llamadas, era un zombie la semana completa excepto cuando recibía esa llamada, entonces era alegre y feliz por esa hora que hablaba con Eduardo y al colgar volvía a ser sombría y distante. Entonces con el dolor de perder a su amigo, tomó valor y empezó a ocultarle las llamadas.

-Qué raro, Eduardo siempre llama a esta hora- decía Tita buscando su teléfono.
-Sí, muy raro, y cuando no lo coges, llama al mío- dijo Banchi "revisando" su celular apagado.
-¿Crees que ya se olvidó de nosotros?- dijo triste y decaída.
-Ay Tita, tal vez, pero tú y yo lo superaremos, siempre lo hacemos, eramos felices antes de Eduardo, y encontraremos la felicidad otra vez, confía en mí- Banchi la abrazó y ella se sintió segura, querida y en paz. No sabía por qué pero

ese abrazo de Banchi le devolvió la energía. Banchi siempre había estado ahí para ella, y no había forma de que ella estuviera con Eduardo, así que era mejor que no llamara, así era más fácil olvidarlo.

-Será mejor que empieces a buscar trabajo como editor, ya te graduaste, ya no te puedo tener metido todo el tiempo en el restaurante, y sin presión, sabes que me encanta vivir contigo, pero ¿no has pensado en qué será de tu vida? ya sabes, casarte y eso- Banchi la miró ofendido. -Por favor no me vengas a hablar de Nicole-

-¿Te gustaría que te dijera que no me hables de Eduardo?- Tita bajó la cabeza y Banchi volvió a abrazarla.

-Precisamente por eso sé que tienes que olvidarte de Nicole y rehacer tu vida-

-Bueno, cuando quiera a alguien como quise a Nicole lo pensaré- dijo de brazos cruzados. Tita le dio un puño en el brazo, pero su pequeño puño se perdía en el musculoso brazo de Banchi.

-¿Sabes qué hermano? Estoy pensando en escribir otro libro, parecido al primero, tal vez sirva para desahogarme-

-¿Encontraste otro diario?-

-No, esta vez se tratará de mí-

-No, ¿se llamará "Cómo me enamoré de mi editor"?-

-Wow, pensaba en llamarlo "las desventuras de un amor unilateral", pero eso tiene más sentido-

-Pero Tita... tendrá un final muy feo-

-Eso es lo bueno de escribir historias Banchi, que puedo darle el final que yo quiera- Banchi se rió y ella también.

-Tú te mereces el mejor final del mundo-

-Siempre que tú estés cerca, sé que terminaré bien- Banchi la abrazó, despacio y no muy fuerte, y por primera vez en diez años, ella se derritió en los brazos de Banchi, se sintió tan extraño, pero no se sintió mal, no era amor, pero era lo más cercano. Banchi se separó de repente y la miró medio asustado.

-Claro, siempre estaré aquí en el cuarto de al lado, buenas noches Mercedes- dijo rápido y nervioso.

-Sí, eso, a eso me refería, buenas noches Iván- dijo Tita igualmente. Ambos corrieron a sus habitaciones y una vez dentro se dieron cuenta que aún era de tarde... pero salir era muy incómodo y arriesgado, así que se durmieron. A la mañana siguiente, Tita se quedó dentro de su cuarto lo más que pudo, pero tenía hambre, y a media mañana tuvo que salir, así que intentó hacer como que no pasaba nada, pero Banchi le ganó.

-Tita, hay algo que quería decirte hace un tiempo, pero que hasta ayer no me dí cuenta realmente- Tita lo miró asustada y confundida, pero decidió esperar lo mejor.
-Claro, cuéntame- dijo nerviosa. Pero justo cuando Banchi iba a abrir la boca, sonó su teléfono, era el número de Misha.
-Misha, ¿qué me cuentas?-
-No Iván, soy yo, Eduardo, qué bueno escuchar tu voz de nuevo-
-E...- Banchi no pudo decir su nombre, Tita estaba a su lado. -E...estás bien?-
-Entiendo, Mercedes está ahí y no quieres que sepa, yo lo sé, pero en realidad quiero hablar contigo, en honor a la bella amistad que una vez tuvimos, ¿puedo hablar contigo un momento?-
Eduardo sonaba sincero y Banchi dejó escapar una lágrima, pero la secó antes de que Tita la viera.

-Claro Misha, ¿qué necesitas?-

-Quiero ofrecerte un trabajo, como editor en la firma que trabajo-

-¡¿EDITOR?! ¡Claro que sí! ¿Qué tengo que hacer?- Tita lo escuchó y se emocionó también.

-Mira, estoy en un predicamento, me ofrecieron ser Editor en jefe, pero solo si Mercedes escribe su próximo libro para mi editorial, así que les pedí que te contrataran como su editor, así yo como editor en jefe trabajaría contigo y no interrumpiría la felicidad de Mercedes- Banchi se puso la mano en el corazón, él estaba convencido de que Eduardo quería a Tita más de lo que admitía, pero sabía que él nunca lo admitiría y solo la haría sufrir.

-Dalo por hecho, yo lo hago... y dale las gracias a Eduardo, Misha-

-Gracias Iván- Eduardo cerró el teléfono. -¡¡¡¡VOY A SER EDITOR PARA LA FIRMA DE EDUARDO!!!!- gritaba Banchi a todo pulmón, abrazó a Tita y ella saltaba con él, ella sabía lo que significaba para Banchi un trabajo como editor, y más para una Editorial tan reconocida.

-Eso está super, Banchi...- la emoción de Tita se

alejó un instante. -Qué bueno que por lo menos piense en ti- Banchi podía seguirlo hundiendo pero en realidad le dio pena.

-También piensa en ti, Tita, es más, depende de ti-

-¿Cómo va eso?- dijo intrigada.

-Le ofrecieron el puesto de editor en jefe si lograba que tu próximo libro fuera también con ellos, y él les dijo que lo lograría si me contrataban como editor de tu libro!-

-AMBOS TENEMOS TRABAJO- dijeron a la vez y volvieron a saltar juntos por el apartamento.

-Esto hay que celebrarlo, ven te invito a comer- dijo Banchi tomando a Tita de la mano y sacándola de la casa. Una vez fuera Tita se detuvo, no podía creer todo lo que estaba pasando y lo abrazó y entraron al auto.

-Cierto ¿qué querías decirme hace rato en la casa cuando Misha te llamó?- dijo Tita mientras miraba por la ventana del auto.

-Cierto, es que hace un tiempo conocí a una chica-

-Creí que luego de Nicole no iba a haber nadie-

-Eso es, ayer me sentí tan cerca tuyo y todo lo

que podía pensar era en esa chica, y me dí cuenta de que realmente me gusta mucho-

-Si te soy sincera, cuando me abrazaste ayer luego de lo que me dijiste, sentí que me podía olvidar de Eduardo, que habían más peces en el mar... no tú, tú eres más una ardilla en el mar... pero me hiciste darme cuenta de lo mucho que Eduardo no me quiere como yo a él-

-Bueno, obviaré lo de la ardilla, y por nada-

-Pues gracias, y por nada a ti también- ambos reían y se detuvieron en un restaurante, pidieron una de las mesas del patio porque dentro habían unos niños que lloraban mucho. Al salir, a unas mesas de ellos se sentó casualmente la chica que le gustaba a Banchi.

-Tita, no mires ahora, pero la chica que está en la mesa 4 es la que me gusta- susurró Banchi acercándose a Tita, ella se rió y miró disimuladamente.

-¿La del pelo castaño?- le susurró también y él se rió.

-Sí esa misma!-

-Está bien bonita, claro que se te va a olvidar Nicole, ¿y sabes cómo se llama?-

-No, no he llegado tan lejos- dijo Banchi cabizbajo y Tita se rió a carcajadas, entonces un carro que llevaba un rato parqueado al frente aceleró de repente y se fue. Tita se levantó y fue a la mesa donde estaba la muchacha con sus amigas.

-Hola, me llamo Tita y yo...-

-Sí, te conozco, eres la dueña de La Enchilada Feliz, en el campus de la universidad, me encanta tu comida-

-Wow, gracias, pero si te encanta mi comida te va a encantar más mi mejor amigo- ambas se rieron y Banchi esperaba nervioso sin poder escuchar nada.

-¿Ese de allá? Mmm de veras se ve delicioso, tan fuerte, atractivo, varonil, gracioso, sensible, ese pelo, esos ojitos- dijo mordiéndose el labio.

-Bueno, no más delicioso que mi Enchilada, pero no está mal ¿lo conoces?- ambas volvieron a reír, parecía una buena chica.

-No, aún, pero eso se nota, gracias por el dato amiga, yo soy Celina, de paso-

-Por nada Celina de Paso- Celina se rió a carcajadas, Tita puede ser muy graciosa cuando se lo propone. Tita entonces volvió con Banchi y este la esperaba sonrojado.

-¿Qué te dijo?- dijo desesperado.
-Que no estás mal- dijo guiñandole un ojo. Banchi se emocionó y volteó y Celina le sonreía.
-¡Eres la mejor amiga del mundo! ¡Y la mejor hermanita!- decía Banchi emocionado mientras se levantaba y se alborotaba sus rizos con la mano, iba a dirigirse hacia la mesa de Celina cuando se devolvió. -¿Y cómo se llama?- Tita se echó a reír.
-Celina- susurró cuando logró calmarse. Entonces Banchi se encaminó a la mesa de Celina y Tita se dispuso a comer y a reflexionar, Eduardo no la tuvo en cuenta realmente, sus jefes eran los que querían su próximo libro. Pero igual Eduardo dependía de ella, y eso la hacía sentir bien, además Banchi tenía a su amigo devuelta, y eso la emocionaba, sentía que podía empezar a sanar su corazón porque sabía que Eduardo nunca iba a volver.

Al cabo de una semana y media llegó una carta en el correo, decía que venía de Eduardo. Banchi la ocultó porque no sabía de qué se trataba, pero la carta venía dirigida a Tita. Tita lo vio discutiendo consigo mismo y caminó de puntillas para ver que tenía en las manos.

-¡Esa carta es para mí!- dijo arrebatándole el sobre por detrás. -Y es de Eduardo...¿qué querrá?- decía mientras la abría, Banchi cruzaba los dedos esperando que no sea nada que lo descubra... pero no, era el primer cheque de regalías de Tita, ella lo miró con la boca abierta y no le salían las palabras.

-Deja ver que tanto miras- dijo Banchi arrebatándole el cheque... eran 2500 dólares de regalías, el libro había sido un éxito, eso era solo sus primeros dos meses.

Tita y Banchi recibían cheques así todos los meses, Banchi por su trabajo como editor y Tita por las ventas de su libro, con la unión de los dos remodelaron el restaurante por completo e hicieron otra sucursal. Contrataron suficiente personal para no tener trabajo más nunca, ya los días de trabajo incansable y tener que cubrirse el puesto el uno al otro, estaban muy atrás. Se mudaron de la casa de los padres de Tita y compraron dos casas, una al lado de la otra, más que nada porque Tita quería darle privacidad a Celina y a Banchi.

Al cabo de un año, el segundo libro de Tita estaba casi listo, solo faltaba el final, no sabía cómo terminar la historia entre ella y Eduardo, cómo todo esto podría llegar a un final feliz. Un día estaba escribiendo en una plaza, acompañada de un café, cuando un muchacho alto, con el pelo negro como la noche, y de hermosos ojos verdes se le acercó.

-Perdón, por molestarla, pero ¿es usted Mercedes, la escritora?- dijo un poco nervioso.
-Sí, soy yo, ¿por?- dijo levantando la cabeza de su libro, al verlo se impresionó por las hermosas facciones de su cara, parecía un modelo.
-Yo... bueno... yo soy su fan, mi madre estaba obsesionada con su libro y decidí leerlo y me encantó, además es usted más linda en persona que en las fotos-
-Bueno, el trabajo es de mi editor, sin él este libro no fuera nada- dijo sonrojada. El muchacho entusiasmado, se sentó junto a ella
-Sí, pero usted es quien crea los escenarios,

usted crea, usted vive y siente, es una artista... y además muy bonita- el muchacho hablaba con una pasión que derretía a Tita.

-¿Cuál es tu libro favorito, a ver?-

-¡Obviamente el suyo! yo quisiera vivir una historia así- dijo con una mirada seductora acercándose a Tita.

-Ya quisiéramos todos, ese es mi favorito también- dijo alejándose sonrojada. -Lo saqué del diario de mi mamá, pero mi editor fue...- Tita pensó en Eduardo un momento y sonrió. -...un ex amigo, y me ayudó a darle vida, justo ahora estoy terminando una secuela- dijo Tita enseñándole el libro, el muchacho muy fresco lo tomó de entre sus manos y lo miró fijo como si fuera de oro... lo que él no sabía es que para Tita sí lo era. -¡Dame eso!- dijo arrebatándoselo de vuelta. -Aún no he podido terminarlo y el editor en jefe aún no lo ha leído... me pregunto qué pensará de él- Tita se perdió de nuevo en el espacio. El muchacho se perdía en los ojos de Tita, una chica tan sensible, tan frágil, él no aguantó y se le abalanzó, Tita quedó helada de la impresión mientras él la besaba.

-Ay, discúlpame- dijo avergonzado, mientras veía a una Tita derretida.

-No no, no hay problema, eso pasa mucho últimamente, por alguna razón- dijo limpiando sus labios.

-¿En serio?- dijo cabizbajo, pero Tita se sacudió.

-Sí, aparentemente soy famosa en el mundo literario, y eso atrae a ciertos hombres, o será que ahora soy rica- dijo en un tono burlón.

-Ja ja, sí, eso será, o que eres tan linda, e inteligente, sensible, frágil, tu boca...- el muchacho se mordía los labios y se acercaba con cada palabra y Tita sonrió.

-Nah, no tengo nada de eso, debe ser el dinero, fue un placer conocerlo joven...-

-Juan!-

-Claro, Juan, un placer, pero tengo que irme-

-Perdón, antes de irse...- Juan sacó de su bolsa un ejemplar del libro de Tita. -¿Me podría autografiar este ejemplar?- Tita sonrió.

-Claro que sí, con mucho gusto, a ver...- Tita usó la pluma con la que escribía el libro nuevo y abrió el libro de Juan, él se emocionó.

-Para Juan, el muchacho más lindo que me ha besado sin permiso, con amor, de Tita- Tita se rió.

-Claro que no, ¿quién pondría algo así? Tenías que ser hombre- dijo muy divertida sacudiendo su cabeza.

-Para Juan, sigue siendo tan encantador y atrevido, con cariño, Tita- Juan tomó el libro y lo abrazó y corrió hacia su mesa a enseñarlo a sus amigos. Tita, antes de que los amigos de Juan que la observaban se acercaran también. terminó su café de un sorbo y se dirigió a su casa. Al llegar estaba tan vacía que se sintió un poco sola. Usualmente llegaría a seguir escribiendo, a cocinar, o a dormir, pero había pensado en Eduardo y no quería estar sola, así que cruzó a casa de Banchi, y por suerte estaba solo... y vestido.

-Hermanita...- Banchi la abrazó y sintió como ella se desmoronaba. -Estabas escribiendo otra vez, escribir esa historia te deprime, bueno, deprime a cualquiera, pero no es mala, de hecho, si le das un buen final valdría la pena-
-Wow, gracias señor editor, es justo lo que necesito oír, que mi libro apesta- dijo con la cara enterrada en el pecho de Banchi.

-No es eso, es que ese libro te hace pensar mucho en Eduardo-

-Pero ya lo superé, todo está bien, no es por eso, estaba escribiendo en una plaza y un chico me besó-

-¿De nuevo? ¿Y este por lo menos era guapo?- dijo tomándola por los hombros.

-Sí, muy guapo... muy muy guapo- Banchi la sacudió para sacarla de su trance. -Era guapo sí, pero no era Eduardo- Banchi la miró con pena y la abrazó. -Pero ¿sabes qué? ya no me importa, porque no necesito a Eduardo ni a ningún otro, te tengo a tí, y a Lulú, y ahora a Celina, no necesito más... y en caso de necesitar más pues tengo a mis fans- Banchi se rió y asintió con la cabeza.

-¿Y cómo va el final del libro?-

-No sé, cada vez que releo el libro anterior me doy cuenta de lo parecidas que son nuestras historias, y quisiera terminarlo igual, pero como va el libro sería absurdo un final feliz forzado-

-Por favor ¿Qué tiene que ver la hermosa historia de tus padres con la amistad caóticamente hermosa que tenías con Eduardo?-

-Bueno, hay ciertas partes que me acuerdan a

nosotros, por ejemplo, al principio puse *"Ese día es algo que recordaré por siempre, yo trabajaba en la cafetería de mi padre, ... él me miró y me sonrió y yo supe que mi vida no sería igual, después de ese día ha venido diario a comer enchiladas"* Yo también lo conocí trabajando en el restaurante, y de hecho me pareció guapo justo ahí, y luego de eso fue a comer todos los días allá, incluso trabajaba allá-

-Sí, pero eso no es así, tu papá le coqueteo desde ese día y Eduardo ni siquiera comió allá, se puso de metiche a ayudarte con tu introducción- dijo Banchi de brazos cruzados con una mirada engreída.

-Bueno, es cierto. Pero hay más donde dice *"Al principio me parecía confianzudo, pero en realidad yo también lo era, porque sentíamos que nos conocíamos de toda la vida"* eso es nosotros, completamente, y en una parte decía *"Me encanta que puedo contarle todo"* y así era, nos contábamos absolutamente todo. y entonces está la primera vez que mi mamá cocinó para mi papá- Tita se detuvo y pensó en Eduardo un momento. -Banchi, ese día que cociné para él, fue el día más romántico de mi vida- Banchi se rió a carcajadas y besó su frente.

-Tita, querida, ¿no recuerdas que casi escupe tu comida? y tú por orgullosa hiciste lo mismo con la suya, y te apuesto a que ambas sabían bien. Tu mamá quemó la comida y tu padre se la comió y dijo que estaba buenísima, TOTALMENTE diferente- Tita se sentó, pensativa, algo triste.

-¿Qué pasó, hermanita?- dijo su Banchi abrazándola de nuevo.

-Hay una parte Banchi, que aún me duele, la que decía *"No podía creer que estábamos peleados por esa tontería, ¿a quién le importa si yo lo quiero más de lo que él me quiere a mí? Por alguna razón él se enojó, me dijo que yo era una mentirosa, que estaba loca, y se fue... hace un mes que no sé nada de él. Anoche fui a su casa, y sus padres me dijeron que estaba de viaje, pero yo ví encendida la luz de su cuarto, creo que es mejor que me olvide de él, para siempre"* Tengo que olvidarlo Banchi, él está ahí, habla contigo, el problema soy yo, lo único que nos une es que me necesita para conservar su trabajo-

-Te apoyo en lo que elijas, yo sé que tú estarás bien, y si no lo estás, siempre puedes estar mal a mi lado-

-¿Y Celina?- dijo con los ojos llorosos.

-Celina te ama, ella es lo máximo, y no sólo

acepta sino que admira nuestra relación amistosa/fraternal-
-Si que te ganaste la lotería con ella hermano- Banchi entonces recordó algo importante y corrió a su cuarto. Pero Tita recibió una llamada.
-Hola... sí soy yo...¿en el restaurante?... claro, claro, ya salimos para allá- Tita colgó el teléfono cuando Banchi llegó emocionado. -Tenemos que ir al restaurante del campus, hay un problema con el chef y necesita que lo cubra-

-Ay, con lo que te encanta que esos gorditos se enfermen para poder cocinar tú, debiste quedarte con la cocina de uno al menos-
-No tendría tiempo para escribir- dijo encogida de brazos. Se subieron al auto y se dirigieron a la universidad. -Cierto fuiste a buscar algo para enseñarme cuando hablamos de Celina- Banchi lo recordó y emocionado sacó una caja de su bolsillo y se la pasó a Tita, Banchi manejaba con una gran sonrisa y Tita gritó al abrir la caja.
-AH! Es hermoso! Es el diamante más grande que he visto-
-Pienso proponerle matrimonio a Celina-

Tita no sabía qué decir, estaba muy feliz por Banchi y Celina, pero a la vez, estaba algo triste porque sentía que perdería a su mejor amigo y se quedaría sola, sin familia. Llegaron al restaurante y sin decir mucho Tita se puso su delantal y Banchi entró con ella a la cocina. Banchi le explicaba a Tita sus ideas de propuesta, eran muy descabelladas porque Banchi siempre había sido un muchacho exagerado, pero la última la convenció.

-Ok, esta es mi última idea, si no te gusta, iré con alguna de las anteriores al azar-
-A ver- decía Tita divertida mientras cocinaba.
-¿Ves que Celina es chef en el otro restaurante? así como tú ahora, entonces entraré como que nada pasa, vestido todo sexy de traje y mientras ella está de espaldas me arrodillaré...- Banchi estaba en un rodilla, abrió la caja hacia Tita y esta se volteó.

-¡Es perfecto!- dijo poniendo sus manos en la cara un poco llorosa. Escucharon la puerta de la cocina cerrarse, pero no vieron a nadie. Ahora todo tiene más sentido.

204

De Vuelta a Casa

Eduardo llegó con Misha, con sus ojos llenos de lágrimas. Misha lo miró asustado como si hubiera llegado con la cara llena de sangre.

-¿Qué te pasó? ¿Estás llorando? ¿Quién murió?- Eduardo se sentó molesto.
-Yo me morí, Misha, y me enterré, por estúpido, y ahora me toca pagar por mi estupidez- dijo con las manos en la cabeza. Misha lo miró un poco más calmado.
-A ver hermano mayor, ¿qué puede ser tan malo?-
-Me dí cuenta que me gustaba... una chica, pero para cuando agarré valor para decírselo me la encontré comprometida con otro- Misha no pudo contenerse y se echó a reír.
-¿Estás loco? Es lo mejor que te pudo haber pasado, si la chica se comprometió con otro es porque no te quería, así que ya lo sabes, hubiera sido peor que le dijeras, que se hicieran novios y que luego te traicionara o te rompiera el corazón, ¿no?- Eduardo lo pensó un momento, tal vez era

cierto, tal vez lo que comparó en el libro era muy forzado, tal vez Tita no lo quería a él sino a Banchi, tendría más sentido. Eduardo asintió y se compuso, y decidió ir a visitar a sus amigos para felicitarlos. Al llegar al restaurante, entró a la cocina como si fuera suya.

-Lo lamento jefa, intenté decirle que no pasara, pero insistió, ya lo habíamos sacado hace rato, pero esta vez se nos escabulló-
-No hay problema, es...- Tita lo pensó un momento.
-¡Es familia! Déjalo pasar siempre... ¡Hermano, volviste!- dijo Banchi abrazándolo fuerte, Eduardo sonrió y lo abrazó, mientras miraba a Tita.
-Quería felicitarlos a ambos- Banchi y Tita se miraron, pensaron que hablaba del libro.
-Bueno aún no está bien pensado y preparado-
-No importa, con que estén los dos ahí, y yo por supuesto, todo saldrá bien- dijo abrazando a ambos. Tita y Banchi aún no entendían bien.
-¿Y el anillo, deja verlo?- dijo Eduardo soltándolos y tomando la mano de Tita, pero el anillo no estaba ahí, y de repente su sonrisa

creció. Banchi entonces entendió, no es coincidencia que hayan escuchado la puerta cerrarse justo cuando él le enseñaba el anillo a Tita y la cajera dijo que lo habían sacado antes, así que Eduardo estaba celoso!

-¿De qué...- decía Tita confundida pero Banchi la interrumpió,
-Es que lo tengo que llevar a hacer más pequeño, mi Tita tiene una mano tan fina y delicada y merece el mejor de los anillos- dijo besando la mano de Tita, ella muy extrañada se quedó mirándolo esperando una explicación y Eduardo bajó la cabeza. Banchi lo apuntó con el dedo y Tita entendió todo, se rió un poco y asintió.
-Claro que sí, es lo mínimo que merezco con todo lo que he sufrido, alguien que me quiera, me cuide y en quien confíe plenamente- Eduardo se secó una lágrima que atravesaba su mejilla y se dedicó a cambiar de tema.
-¿Y el libro cómo va? Quisiera aunque sea, ver lo que tienen-
-Está quedando brutal, se llama "Cómo me enamoré de mi editor"- dijo Banchi muy orgulloso. Eduardo creía que podía con la

noticia, pero no fue así, los miró enojado y triste, se dio vuelta y se alejó. Tita no solo se había olvidado de él, había escrito un libro usando su historia para explicar cómo se había enamorado de su mejor amigo. Tita no entendía si se había ido por la broma de la boda o por el libro. Pero Banchi sí entendió de inmediato y se volteó hacia Tita y la tomó por los hombros. -¡Él te quiere!- dijo emocionado. Tita lo miraba confundida como si estuviera loco.

-¿Quién?- dijo entre risas.
-¿Quién más? ¡Eduardo! Estoy seguro-
-¿Y por qué no dijo nada?-
-Porque Eduardo es terco ¿no lo conoces todavía? él de seguro espera que tú se lo digas primero-
-Pero si se lo dije mil veces y no me creyó-
-Pero ahora cree que tenemos algo, y no se atreverá a decírtelo-
-¡Pues yo dije que no volvería a humillarme así que le tocará a él!- dijo cruzada de brazos, Banchi sabía que no habría nada que la hiciera cambiar de opinión. Y en realidad le daba curiosidad qué tan lejos iban a llevar esto.

Eduardo llegó enojado a su casa, tiró platos al suelo para relajarse pero lo único que consiguió fue que Misha saliera enojado de su cuarto.

-¡Ya sí que te volviste loco, Eduardo!- gritaba Misha al salir.
-No me volví loco, la loca es ella- decía Eduardo hirviendo de enojo y con lágrimas en los ojos.
-¿Quién?-
-Mercedes, la que tanto decía que me amaba y que ahora se va a casar con Iván- Misha lo miraba extrañado y luego les sonrió.
-Me alegro tanto por ellos, hacen una linda pareja-
-¡No más linda que ella y yo!-
-Perdón, creí que no te gustaba Tita, que ustedes eran sólo buenos amigos- dijo Misha con su cara de chismoso. Eduardo bajó la cabeza y se calmó un poco.
-Es que yo no lo sabía-
-Bueno, pues llegaste tarde por no darte cuenta- Eduardo se fue a su habitación y azotó la puerta. Misha tomó su abrigo y silenciosamente salió de la casa. Fue a casa de Tita, y al entrar, Banchi también estaba allí... se quedó mirándolos fijo,

como si algo no cuadrara.

-Misha, ¿qué se te ofrece?-
-Escuché la noticia- dijo mirando el dedo de Tita, ella escondió la mano. -¿Es cierto?-
-¿El qué?- dijo algo nerviosa.
-Eso de que Banchi y tú... bueno, que ya no amas a Eduardo- Tita empezó a sudar, pero Banchi, que los escuchaba desde la sala, vino a su rescate.
-¿Y qué pasa si es cierto?- dijo abrazándola desde atrás y descansando su barbilla en el hombro de Tita.
-Nada, Banchi, tranquilo, yo pienso que ustedes hacen una hermosa pareja, lo preguntaba por Eduardo- Tita no pudo esconder su emoción.
-¿Eduardo está mal?- dijo sobresaltada. Banchi la apretó y ella se calmó. -Digo, que si a Eduardo le afecta que me vaya a casar con mi editor- Misha la miró con una sonrisa, entrecerrando los ojos, no le creía nada, y Banchi se dio cuenta. Entonces Banchi se puso algo nervioso, le dio la vuelta a Tita y la besó. Al principio el beso fue sorpresivo para Tita, pero se dejó derretir entre los fuertes brazos de Banchi, él tampoco

esperaba sentirse así, era como si se besaran todos los días, podría haber durado horas, pero Misha los separó con un fuerte aplauso.

-Te he dicho Tita que dejes de pensar en lo que dirán los demás, lo único que importa es lo que... lo que sintamos tú y yo- Misha asintió despacio con la cabeza y sin decir nada se volteó y se fue a su casa. Al cerrar la puerta, Tita alejó a Banchi de ella con un empujón.

-¿Qué rayos fue eso?-
-Nos estaba descubriendo, y no iba a dejar que perdiéramos-
-Esto no es un juego, Banchi, yo amo a Eduardo-
-Ah... pero te gustó ese beso- dijo subiendo y bajando sus cejas. Tita estaba enojada, pero no pudo evitar reírse.
-Ok, debo admitir que ese es uno de tus muchos talentos- dijo Tita ofreciéndole su mano.
-Yo admitiré que tú no estuviste nada mal- dijo Banchi estrechándola. Al estrecharla, la haló hacia él, y por unos momentos se miraron a los ojos...
-De...de... debo llamar a Lulú-
-Sí, es mejor que yo llame a Celina- ambos se

alejaron nerviosos y sonrojados. Banchi cruzó a su casa y Tita se encerró en su cuarto.
Cuando Misha llegó a su casa, Eduardo lo esperaba en la sala.

-Dime por favor que no fuiste a...-
-Fui a casa de Mercedes a felicitarlos oficialmente, es todo, al principio no les creí, pero luego de ese beso...- al sonido de la palabra beso, Eduardo se desmoronó, se sentó en el sofá y lo miraba desesperanzado.
-¿Se besaron?-
-Sí, te decía, luego de ese beso me dí cuenta que te la están jugando Eduardo-
-¿Cómo dices?- dijo Eduardo componiéndose rápidamente.
-Ellos no están juntos, ese beso fue sorpresivo y significó demasiado para ambos, esos dos nunca se habían besado en su vida... pero sí hubo química, así que si vas a hacer algo, hazlo rápido- Eduardo, sonriente, se levantó con valentía, Misha le dió una palmada en la espalda y Eduardo se dirigió a casa de Tita.

Banchi había citado a Celina, y Tita a Lulú.

Estaban todos en la sala de Tita conversando cuando Eduardo los vió por la ventana. No escuchaba nada, pero Celina y Lulú estaban sentadas en el sofá y Tita y Banchi parados frente a ellas tomados de la mano. Lulú parecía contenta y luego de unas palabras, Celina se alegró también. Eduardo no se merecía esto, no lloró, no se enojó, simplemente volvió a casa sin haber tocado la puerta.

-Entonces eso fué lo que pasó, la besé, y no te diré que no significó nada, pero ambos estamos seguros de que no nos amamos, yo a quien amo es a ti Celi- Banchi cambió de posición con Lulú, y Celi y él se besaron en el sofá. Lulú y Tita los miraban con una extraña combinación de asco y ternura.
-Ok, pero entonces yo quiero entrar en el juego, la pregunta principal es ¿qué tu quieres?-
-Yo quiero que Eduardo confiese que me ama-
-Bueno amiga, si conocemos a Eduardo, eso no va a pasar, pero tal vez si se lo dices-
-¿Para qué? ¿Para seguir dando pena y cansarlo y que no quiera hablarme nunca?-
-Ese es el problema Lulú, Tita no quiere

entender que Eduardo está celoso, entonces mientras más real parece nuestra relación, más lo empujamos a que se delate- Lulú los miraba como si estuvieran locos, miró a Celina y ella solo se encogió de hombros.
-Cuentan conmigo para lo que necesiten- dijo Celina volviendo a besar a Banchi.
-Paren ya ustedes dos- dijo Lulú cubriendo sus ojos.
-Lo dices porque no has besado a Banchi- dijo Tita generando un silencio sepulcral. Celina entonces soltó una carcajada.
-Estoy de acuerdo con Tita, son hipnotizantes- dijo tomando los labios de Banchi con sus dedos y besándolos repetidas veces. Lulú volteó los ojos y Tita volvió a lo que iba.
-¿Entonces me lo prestas para ver si Eduardo de verdad me ama?-
-Yo no creo que esa sea la mejor forma, creo que deberías hablar con Eduardo- Tita valoraba mucho la opinión de su cuñada, y realmente no sonaba como una mala idea, ella podía preguntarle a Eduardo qué siente, sin tener que decirle ella primero que lo ama. Tita entonces asintió, tomó su abrigo y se dirigió hacia la

puerta, pero se quedó pensativa mientras agarraba el manubrio...

-Banchi, este puede ser el final feliz de mi libro- dijo emocionada, Banchi dejó salir una lágrima tras una gran sonrisa.

-Ve por él, hermanita- Tita corrió a casa de Eduardo. Practicaba frente a la puerta lo que iba a decir, cuando decidió mirar por la ventana a ver si había alguien en casa... y entonces la vio. Había una chica platicando alegremente con Eduardo, y mientras reía tocaba su brazo y su hombro. No ayudaba el hecho de que la chica era muy muy bonita, entonces Tita se rió y recibió una llamada del restaurante de la universidad, así que se fue.

-¿Por qué me tocas tanto?- dijo Eduardo con una sonrisa.

-Lo siento, no me daba cuenta, es que tienes unos brazos tan fuertes- decía Claudia volviendo a tocarlo.

-Esa es la tontería más grande que he escuchado, hermano, creo que le gustas- dijo Misha cruzado de brazos.

-No, no, ella y yo...-

-Solo nos besamos una vez- dijo interrumpiendo a Eduardo, a lo que Misha abrió los ojos en sorpresa.

-Ustedes dos se... tú y ella... ella y tú... wow, hermano, me sorprendes, bueno, intenten no acabar con la casa, por favor atiende bien a la visita, no seas odioso como de costumbre- Eduardo lo miró enojado y Misha se fue a trabajar a la universidad. Allá se encontró con Tita quien lo detuvo cuando pasaba frente al restaurante.

-Hola Misha, supe que vino la novia de Eduardo-
-¿Novia? Ah, Claudia ¿lo dices por el beso? Porque yo no creo que sea una novia así de verdad todavía- lamentablemente Tita no escuchó nada luego de la palabra beso, la cual resonaba en su cabeza como una gran campana.
-Sí, si, entiendo- dijo Tita alejándose y Misha se fue a su clase. Lulú entonces se acercó.
-Jefa, ¿qué pasa?-
-Eduardo tiene una novia-
-Creí que Banchi había dicho...-
-Banchi está loco, ¿cómo pude siquiera imaginar que Eduardo se iba a fijar en mí?- Tita

iba a empezar a llorar, cuando a Lulú le llegó una idea tan repentina como una bola de nieve en la cara.

-¿Y qué tal si él se creyó lo de la boda y está probándote igual a ver si lo tuyo es falso?- Tita lo pensó un momento y no sonaba tan loco, al fin y al cabo, lo de ella con Banchi también era mentira, ¿quién dice que lo de Eduardo no pueda ser también un plan?

-Oye, tienes razón, uy que mal me cae a veces, se salva por ser tan lindo, pero que ni crea que me va a ganar, él tendrá que declararse primero, si quiere estar conmigo-

-Pero Jefa... ¿Y si no quiere?- dijo Lulú poniendo una mano en el hombro de Tita.

-Pues creo que me casaré con Banchi- dijo triste y asustada. -Pero yo no puedo vivir así, resuelvo el problema aquí e iré a su casa a conocer a la tal Claudia- y así lo hizo, terminó su trabajo y volvió a casa de Eduardo, y sin mirar por la ventana tocó la puerta. Claudia abrió la puerta muy feliz y Tita la miró lo más calmada que pudo, pero antes de que Tita pudiera decir algo, Claudia empezó a saltar.

-¡Oh cielos, oh cielos, oh cielos! ¡Eres Mercedes! Yo soy Claudia, estaba loca por conocerte, Eduardo habla mucho de tí- Tita intentaba no golpearle la cara para que se calmara y dejara de restregarle su relación con Eduardo.

-Sí, soy yo- dijo con una sonrisa fingida. -¿Eduardo está?- Tita entró empujandola un poco y miró a todas partes, entonces se volteó y la observó. Sus largas piernas bronceadas, que terminaban en su corto pantaloncito blanco, una blusa aireada, tropical, con la espalda un poco descubierta, aunque tapada por sus largos rizos dorados, era sin duda una chica muy hermosa.

-¡Mercedes!- gritó Eduardo saliendo del baño.

-Oh, espero no haber interrumpido nada- dijo con ambas manos en la cintura. Eduardo la miró confundido y luego vio a Claudia parada junto a la puerta y entendió todo, pero tan orgulloso como es, vio una oportunidad.

-Pues fíjate que sí- dijo Eduardo caminando hacía Claudia y tirando un brazo sobre sus hombros. -Interrumpes la visita de Claudia, viajó hasta aquí solo para verme, veras, la conocí en el tiempo que estuve en casa-

-Pero Eduardo si vine por lo del trabajo...-

-Sí, el trabajo- la interrumpió Eduardo antes de que metiera la pata. -Ella vino hoy aquí a decirme que había conseguido un trabajo aquí para estar más cerca de mí- dijo orgulloso. Tita asintió lentamente, pensativa, y sonrió. Tita dio media vuelta y se dispuso a marcharse. -Pero Mercedes, cuéntame, ¿a qué venías?- Tita se llenó de ira un momento y luego se calmó.

-Quería saber si llevabas un acompañante a mi boda, pero ya veo que la respuesta es sí- las palabras de Tita sonaban alegres, incluso sonreía, pero una lágrima recorría cada lado de su cara. Eduardo la miró confundido.

-¿Estás segura? Porque si era eso pudiste haber llamado-

-Sí, es que estaba cerca y lo recordé y decidí entrar a preguntarte, pero no te preocupes, no interrumpo- con una última sonrisa, Tita salió de casa de Eduardo, subió a su auto y fue a casa de Banchi.

-NOS CASAMOS LA PRÓXIMA SEMANA- dijo abriendo la puerta de golpe. Al entrar encontró a

Banchi y a Celina besándose en el sofá de la sala. Rápidamente Tita cubrió sus ojos sonrojada. -Perdón, perdón- dijo Tita nerviosa y Banchi se rió.

-¿Quién se casa, Eduardo y tú?- dijo emocionado.

-No, no Banchi, nos casamos tú y yo, ahora Eduardo me quiere hacer creer que tiene una novia-

-Pero ¿qué pasa si realmente la tiene?- dijo Celina confundida.

-Bueno... en ese caso un matrimonio puede anularse, no es como que lo vamos a consumar ni nada por el estilo- Celina y Banchi se sonrojaron ante la naturalidad con la que hablaba Tita.

-Tita, cariño, hermanita, creo que ya es suficiente, tú sabes que él te quiere, no sería más fácil si le dices tú también- dijo Banchi al abrazarla, pero Tita lo empujó, cascadas de lágrimas bajando de sus ojos.

-¡Lo dices porque tú no sabes lo que yo he vivido, tú no sabes lo que es querer a alguien con todo, sin excusas, sin condiciones, y que esa persona se burle de ti, que juegue contigo. No sabes lo que se siente ponerte a ti mismo en situaciones comprometedoras en las que sabes que la otra persona no sentirá nada, solo por sentirla cerca aunque sea un momento. No sabes lo que significa exponerte a días de sufrimiento, por media hora de felicidad. Yo no dejaré que él se vuelva a burlar de mí, no expondré mi corazón a su desprecio a menos que esté completamente segura de que él siente lo mismo por mí, hasta que él lo diga, que salga de su boca y entre a mis oídos!- nadie pudo decir nada, Tita, aún llorando se acercó a la puerta y Banchi la detuvo.

-Conozco un lugar en la playa donde nos darían un buen descuento- Tita lo miró y sonrió. Celina se acercó a ella y secó sus lágrimas.

-Mi prima es organizadora de eventos y sé que está buscando un evento para tomar fotos para su portafolio, ella con gusto nos ayudará- Tita los abrazó y cruzó a su casa.

-¿En serio no te importa que me case con ella?- dijo Banchi poniéndole seguro a la puerta.

-Claro que me importa...ría si tú sintieras algo por Tita, pero no es así-

-Sí, ella es especial, es una de las personas que más amo en el mundo, pero nunca la he visto así

de esa manera, eso sí...- Banchi paró un momento como si el estómago le doliera. -... Tendré que besarla- Celina se tiró una carcajada.
-Tal vez Eduardo los pare en el "hable ahora" antes de que los declaren marido y mujer- dijo tratando de contener la risa.
-O... yo podría besarte mucho mucho mucho para recordarme de ti cuando tenga que besar a mi esposa- dijo besando toda su cara y su cuello mientras Celina reía. Lo que Banchi no sabía es que Eduardo había ido a visitarlo y los miraba desde afuera... pero esta vez no se fue, tocó la puerta y Banchi fue a abrirle.

-¡Hermano, aquí estás! Quería presentarte a Celina mi...-Banchi pensó un momento en todo el plan de Tita y volteó los ojos. -Mi prima, supongo- dijo desanimado. Eduardo lo miró enojado, como si él no lo hubiera visto besándola. Banchi y Eduardo siempre se contaban sobre sus conquistas en la universidad, pero esto era diferente, era a Tita que engañaba, entonces Eduardo sintió que era real y su corazón se hizo añicos.
-Hola, hermano sí, ehm, mucho gusto, yo soy...-

-¡Eduardo! He escuchado tanto de tí-
-Sí, me imagino que Mercedes habla mucho de mí- dijo orgulloso un momento.
-Ay perdón no, lo decía por Banchi, no sabía que conocías a Tita- Eduardo asombrado se volteó a detener la lágrima que se abría paso en su ojo, mientras Banchi emocionado le chocaba la mano a Celina. Cuando Eduardo volteó de nuevo a verlo, ambos estaban muy serios.
-Oh, entiendo, sí, Iván y yo somos buenos amigos, desde hace tiempo, de hecho, Mercedes y él trabajan para mí-
-Sí eso lo supe, y le agradezco mucho todo lo que ha hecho por mi primo y su novia- Eduardo sonrió, lo que asustó un poco a Celina y Banchi. Asintió y se sentó en el comedor.
-Bueno Iván, vine a visitarte, al menos ofréceme comida- dijo divertido, Banchi no entendía el cambio de humor, pero le encantaba tener a su amigo de vuelta. Cenaron, jugaron videojuegos y luego Eduardo se fue a su casa. Pero no sin antes asomarse a la ventana. No escuchaba lo que decían, pero los veía reírse y besarse, entonces Eduardo asintió, si eso es lo que Tita quiere, pues eso se merece.

-¿Y lo vas a dejar así?- dijo Misha mientras escuchaba la historia y comía palomitas de maíz.

-Sí, no es de mi incumbencia, yo creía que era todo mentira, ¿pero que Iván la engañe? todo tiene sentido-

-Ummm, ¿exactamente qué es lo que tiene sentido?- dijo Misha confundido.

-Mira, cuando yo me fui, Mercedes estaba muy triste, ¿y quién estaba ahí? Iván. Él de seguro la acompañó, la consoló y ¡BAM!- Eduardo golpeó fuerte la mesa y Misha saltó del susto dejando caer sus palomitas. -Mercedes se enamoró de Iván, y claro él era demasiado bueno para decirle que no la amaba, y más aún con lo que ella estaba viviendo, así que aceptó tener una relación con ella, pero la engaña-

-Claro, pero hay un fallo con tu plan perfecto- decía Misha enojado mientras limpiaba el desastre.

-No, no lo hay-

-Eduardo, ellos van a casarse, ¿por qué le pediría matrimonio si está con ella por lástima?- Eduardo lo pensó un momento y llegó rápido a una conclusión excelente.

-Obviamente ese es el siguiente paso, ellos se

conocen de toda la vida, así que no tendría sentido que la hiciera esperar ocho años de noviazgo, así que le tocará casarse con ella-

-Claro, ¿y qué saca él?-

-Oh, él... él... ¡EL LIBRO!- Eduardo se puso las manos en la cabeza y daba vueltas por la sala como si lo hubiera descifrado todo.

-¡Eso es, Misha! Él necesita que Mercedes esté contenta con él para que termine el libro, ella está escribiendo un libro de cómo se enamoró de él y este de seguro es el final perfecto que ella necesita-

-Wow, nunca creí que diría esto, pero, en realidad por loco que parezca, tiene mucho sentido, lo que me lleva a mi pregunta inicial...¿Y lo vas a dejar así?-

-Pues sí- dijo Eduardo cruzado de brazos. -Si intento entrometerme de seguro va a pelearme, y yo también la quiero contenta, dependo de ese libro-

-¿Y lo que sientes?- Misha le puso una mano en el hombro, pero Eduardo se la quitó como si no importara.

-Lo que siento no importa, lo importante es lo que sienta ella- Eduardo se dirigía a su habitación pero se detuvo de repente al escuchar a Misha moverse.

-Ella no se merece que le hagan esto- dijo Misha enojado. Eduardo continuó hacia su habitación y cerró la puerta.

La Boda de mi Mejor Amigo

Eduardo hizo las paces con sus sentimientos y volvió a ser el amigo que había sido antes de irse, Tita no le creía nada y siguió adelante con los supuestos preparativos de la boda. Ella y Banchi harían el bizcocho, Celina les consiguió la decoración gratis y Banchi le consiguió el lugar. Tenía que ser una boda íntima para no tener que explicarle el plan a mucha gente. Solo irían los novios, claro, Lulú como dama de honor y Eduardo como padrino, Celina se ofreció a casarlos y pues tuvieron que invitar a Misha porque él ya sabía de la boda y hubiera sido grosero no invitarlo. Cuando Eduardo se enteró que Celina los casaría casi pierde la cabeza, pero se compuso y dejó que las cosas fluyeran.

-Mercedes, lo siento, pero no creo que lo que estés haciendo sea lo correcto-
-¿Hay algo que me quieras decir Eduardo?- los ojos de Tita brillaban, este era el momento que había esperado.

-No realmente, pero no creo que la prima de Iván sea la mejor para casarlos-
-Ah...eso... es que Banchi y Celina son muy unidos, y ella se ofreció, no le iba a decir que no-
-¡Claro que son muy unidos! ¡Ellos te están...- Tita se enojó y le puso una mano en la boca silenciándolo.
-Tú no tienes ningún derecho en venir a meterte en cómo yo manejo mi vida, hace mucho tiempo te pedí que fueras parte de ella... como mi amigo me refiero, y tú te reíste... digo, te fuiste, así que no vengas ahora a creer que entiendes mi vida- Eduardo asintió lentamente y continuaron con el ensayo.
-Entonces aquí dicen sus votos, blah, blah, blah, y yo digo puedes besar a la novia... y la besas- dijo Celina y le indicaba con la mano que la besara, como si lo disfrutara. Banchi y Tita se miraron extrañados y algo avergonzados, pero todos los estaban mirando, incluyendo Eduardo, entonces, Tita exhaló largo y frunció los labios, Banchi la miró y colocó un dedo sobre ellos.
-Mejor guardemos la acción para mañana, ¿sí?- Tita aliviada asintió y Celina y Lulú intentaban no reírse, a Eduardo no le hacía mucha gracia,

porque cada vez parecía más un matrimonio por compromiso, pero ya sabía con quién tenía que hablar.

-Tienes que parar con lo que estás haciendo- susurró Eduardo a Banchi mientras salían del lugar.
-¿Haciendo, yo, qué?- dijo Banchi nervioso. Eduardo lo haló aparte.
-Sé que todo esto es por compromiso-
-Oh rayos, sabía que eventualmente te darías cuenta de que...-
-¿De qué estás engañando a Mercedes con tu "prima"? Claro, no soy estúpido, pero ella te ama, no se lo merece-
-¿Quién, Mercedes o mi prima?- dijo Banchi tratando de no mojar los pantalones de la risa.
-Esto es serio, sé que lo haces por el bien del libro, pero debe de haber otra forma- Banchi abrió los ojos en asombro, ante la imaginación de Eduardo.
-Oye hermano, tienes razón, ¿y si te casas tú con ella? porfis-
-Eh, no, yo no, ¿por qué yo?- Eduardo sonrojado miraba a todas partes. -Es que ella te quiere a ti,

eso lo entiendo, y este sería el final perfecto para el libro-

-Ahora que lo dices, no estaría mal que el final fuera que el novio se escapó con la oficiante- dijo antes de soltar una carcajada, Eduardo lo sacudió, él no estaba jugando.

-Esto es en serio Iván-

-¿Tú sabes qué era en serio? Todo lo que Tita sentía por ti, ¿sabes qué más fue en serio? La manera en que te burlabas de ella y la ilusionabas sabiendo que ella realmente te quería. Ahora es mi turno de hacerla feliz, ¡así que intenta no meterte!- Eduardo se alejó enojado y Banchi se dio cuenta de lo que había hecho. -Ay no, ay no, ay no, ¿qué hice? Tita me va a matar- fue corriendo donde estaba Tita y ella lo esperaba con un fuerte abrazo... y así los vio... Tita abrazándolo con cariño y Banchi con su cara de preocupación. Entonces Eduardo se fue a su casa, dejaría que la boda se llevara a cabo porque la felicidad de Tita era más importante que la suya.

-Amor ¿qué te pasa?- decía Celina mientras acariciaba los cabellos de Banchi en el sofá de su casa.

-Hice algo horrible, posiblemente haya echado a perder todo-

-¿Y sientes que Tita te va a matar? Cuéntame ¿qué hiciste?- dijo mientras aún lo acariciaba con una sonrisa.

-Primero respóndeme algo... ¿por qué eres tan perfecta?- dijo Banchi con una sonrisa, a lo que Celina se rió.

-Por favor, no me cambies el tema, ¿qué hiciste?-

-Eduardo se puso obviamente celoso, pero ahora se inventó una burrada, oye esto, yo estoy engañando a Tita contigo porque cuando él se fue Tita se enamoró de mí pero yo no de ella, entonces empezó a escribir un libro sobre nosotros y ya no pude terminar con ella, y me atrevo, aparentemente, a casarme con ella con tal de que el libro tenga un final feliz, aunque yo la engañe!- Celina no se rió, parecía asombrada y enternecida.

-De verdad que la quiere mucho el tal Eduardo-

-Sí, pero cuando le dije que se case él con ella por el bien del libro se echó para atrás y dijo que ella a quien quería era a mí- Banchi se enojó de repente y se paró del sofá. -Entonces yo le dije que la dejara en paz porque él la había hecho sufrir bastante y ahora era mi turno de hacerla feliz-

-¿Disculpa?- dijo Celina levantándose con las manos en la cadera.

-Lo sé, por eso es que Tita me va a matar, es que me dio mucho

coraje, ¿por qué él no puede ser honesto y decir, oye, no quiero que te cases con ella porque ahora me dí cuenta que sí me gusta?- Celina lo abrazó.

-No todas las historias de amor pueden ser tan perfectas como la nuestra-

-Tienes razón, otra fuera y ya me habría dejado hace tiempo, si fueras Nicole...-

-Banchi por favor, no pienses en esa tipa otra vez, te vas a poner mal-

-Es que yo sentía que el nuestro era un amor que lo superaba todo, un amor que lo entendía todo, cuando terminamos le dije a Tita que nunca iba a poder amar a nadie así... y entonces llegaste tú-

Banchi empezó a besar toda su cara y cuello, mientras Celina reía, y juntos se fueron a dormir.

8:00 am (a 6 horas de la boda)

-OK, hoy es el día, llamaré a mi prima para coordinar, recuerda que debes estar a las dos en punto en el lugar de la playa para la ceremonia- decía Celina por teléfono mientras dejaba en la cama el traje de Banchi.

-Lo sé, pero tengo un poco de miedo, ¿no crees que esto sea una locura?- decía Tita preocupada, como si no supiera la respuesta.

-No te preocupes, tengo el presentimiento que todo va a salir bien- dijo con una pequeña risa y cerró el teléfono. -Banchi, tu traje está sobre la cama, por favor, intenta parecer como que te importa y ve a que te arreglen el pelo-

-Las chicas se arreglan el pelo, nosotros, ummm, pasamos por la barbería-

-Jajaja, pues haz como que te importa y pasa por la barbería- dijo dándole un beso y saliendo, solo para encontrarse con Lulú en la puerta.

-Celina, necesito que vengas conmigo, Tita está histérica-

-Pero si hablé con ella hace poco, y le dije que todo estaría bien ¿qué más puedo hacer?-

10:00 am (a 4 horas de la boda)

-No puedo hacerlo, no puedo hacerlo, él no me ama-
-Sí lo hace- le decía Lulú abrazándola.
-Tita, creí que ya habíamos hablado de esto-
-Sí, Celina, lo sé, pero ¿y si no va? ¿y si no dice nada?- Eduardo, que como es lo usual escuchaba tras la puerta antes de entrar, abrió la puerta de repente, asustando a todas.
-Mercedes, tienes que hacerle caso a Luisa y a... Celina- miró a Celina entrecerrando los ojos, pero volvió a mirar a Tita a los ojos y tomó sus manos. -Banchi te ama, lo sé, ¿quién se atrevería a no amarte? Si yo...- Tita, Lulú y Celina lo miraban en expectativa, si lo decía ahora, se cancelaba todo. -...yo lo sé- dijo bajando la cabeza un poco triste. -Tú eres increíble, eres hermosa y eres una de las mejores personas que conozco, estoy segura que él sabe lo afortunado que es- Tita se moría de la ternura, ya no aguantaba más, debía decírselo.
-Eduardo yo...-
-Venía a decirte que mi... bueno, Claudia no va a

poder asistir, porque tuvo que tomar un vuelo de emergencia de regreso- Tita paró en seco y sus amigas la miraban, esperando que estallara.

-Me parece bien, triste, pero si tenía que volver, de seguro era importante- Eduardo se sorprendió. -Lo que me importa más que nada es que vayas tú- Tita abrazó a Eduardo luego de mucho tiempo y una vez más se derritió en sus brazos.

-Awww- dijeron sus amigas abrazadas mientras los miraban. Eduardo se dejó envolver por ese abrazo, que duró mucho más de lo que debería.

12:00 pm (a 2 horas de la boda)

-Misha, ¿donde está tu hermano?-
-Tengo entendido que fue a casa de Tita-
-¿En serio?- dijo Banchi entusiasmado, si Eduardo se declaraba él no tendría que casarse con Tita.
-Sí, tenía que ir a avisarle que su acompañante tuvo que tomar un vuelo de emergencia-
-Ah, ¿y eso era todo?-
-Sí, ¿por qué?- dijo Misha sospechoso.
-No, no por nada- dijo Banchi igual de sospechoso, arreglándose su corbata. Misha se ofreció a ayudar con la logística, porque le encanta ayudar y era el único que no tenía un papel. Banchi ensayaba sus votos, que había escrito para Nicole, cuando se casara con ella, hace mucho mucho tiempo. Todo hubiera sido diferente si se casara con Nicole. Banchi pensando en esto se sentó destruído.
-No Banchi, por favor, Lulú me dijo que acaban de arreglar una crisis con la novia, no puedo tener al novio en crisis también-
-Es que leyendo mis votos, me acordaba de mi

primera novia de verdad, ella me dejó el mismo día que conocí a Eduardo ¿sabes?- Banchi se reía recordando ese día y Misha lo miraba como si estuviera loco. -Eduardo y yo nos volvimos unos mujeriegos luego de eso... yo creí que no iba volver a amar, hasta que la conocí-

-Creí que ya conocías a Tita cuando conociste a Eduardo- dijo Misha confundido.

-Sí, Tita, me refiero a conocer a la mujer que había dentro de ella- dijo Banchi nervioso, sacudiendo sus ideas. Luego volvió a mirar sus votos con ternura.

-¿Existe la posibilidad de que aquella muchacha aún te guste un poco?-

-Sí Misha, el primer amor es algo que nunca se olvida, pero con el tiempo se supera, supongo-

-Sé que te vas a casar con ella, pero ¿no crees que Tita debería saber que te gusta otra? tal vez ella tampoco ha podido olvidar su primer amor- Banchi lo miró y levantó una ceja.

-Ella lo sabe- dijo con una sonrisa. Misha asintió con la cabeza vencido, creía que podría conseguirle una pequeña brecha a su hermano, pero por su parte terminó de entender que Tita sí era perfecta.

2:00 pm (¡hora de la boda!)

-Llegó la hora, denle paso al novio- dijo Misha por el comunicador. -Música- la música empezó a sonar y Banchi y Luisa entraron por un bello camino en la arena, adornado con pétalos blancos, él llevaba un traje blanco y al final del camino un pedestal enorme, adornado con flores, donde los esperaba Celina, que estaba más hermosa que nunca, Banchi la vió y quería llorar, parecía un ángel.
-Celina está hermosa- le susurró Banchi a Lulú.
-Admiro mucho lo que haces por Tita-
-Tú también estás preciosa Lulú- Banchi le dió un beso en la mejilla y Lulú se sonrojó.

Llegaron al frente y entonces entraron Eduardo y Tita. Ninguno se dirigía la palabra, cuando ella lo miraba él miraba a otro lado, y cuando él la miraba ella hacía lo mismo.

-Estás hermosa Tita, por favor, sé feliz- Tita se asombró.
-¿Cómo me llamaste?- Eduardo sonrió y le dio

un beso en la mejilla y se la entregó a Banchi. Lulú y Eduardo se colocaron a cada lado y empezó la ceremonia. Era la boda más larga e incómoda del mundo. Celina intentaba alargar sus palabras, para darle tiempo a Eduardo a reaccionar, pero este no parecía importarle nada. Banchi y Tita ambos lo miraban fijo mientras intercambiaban los anillos y Eduardo ni se inmutó.

-Si alguien conoce algún motivo por el cual estas dos personas no deban unirse, hable ahora o calle para siempre...- nadie dijo nada. -Puede hablar ahora...- Banchi y Tita se empezaban a poner nerviosos. -...¿Nadie dirá nada?- ya hasta Celina se ponía nerviosa. -Ummm, bueno, entonces creo que los declaro marido y mujer, puede besar a la novia?- las caras de Banchi y Tita se acercaban lentamente casi con asco.

-¡NO! ¡YA BASTA!- dijo Misha enojado. Todos lo miraron confundidos y Tita y Banchi exhalaron aliviados. -¡O se lo dices tú o se lo digo yo!- dijo señalando a Eduardo.

-Ok, ok, dije que no me iba a meter, pero Tita, Banchi te está engañando con Celina!- todos se asombraron y Tita y Banchi se rieron.

-Eso ya lo sé, y está bien, la pregunta es por qué te importa a ti- dijo Tita cruzada de brazos.

-¿Cómo puedes decir que está bien? ¿Cómo puedes dejar que un tipo juegue así contigo? Que te trate como un juguete, nomas para su beneficio personal o profesional-

-Dejé que tú lo hicieras ¿cuál es la diferencia?-

-¡La diferencia es que yo te amo! que eres la única para mí y que estoy dispuesto a esperarte hasta el final de los tiempos, porque nunca podría amar a alguien más que a tí aunque lo intentara- todos se quedaron paralizados, el plan había funcionado, Eduardo aceptó que la amaba. Tita corrió a él y lo abrazó.

-Qué casualidad, yo también te amo, no sabes lo que significa para mí que cites mi libro-

-Me lo aprendí de memoria en el tiempo que estuve en casa, me dí cuenta de que era nuestra historia en otro tiempo-

-¡Eso pensaba yo! ¡Te amo tanto! ¿Ahora sí me crees?- Eduardo sonrió y la abrazó fuerte, la cargó en un beso apasionado que todos aplaudieron. Misha lloraba como una cascada.

-Estaba tan harto de oírlo quejarse de lo mucho

que te amaba, y ahora por fin me va a dejar en paz- todos se rieron y Eduardo y Tita, felices se tomaron de la mano.
-¿Pero y el libro?- dijo Eduardo volviendo en sí.
-Tu problema es que saltas a conclusiones demasiado rápido, el libro era sobre ti, siempre fue sobre ti, y no se me ocurre un mejor final- dijo besándolo una vez más.

-Ok, ahora que todo esto se arregló, vamos a lo que estaba ensayando cuando Eduardo volvió- Banchi se arrodilló frente a Celina y ella se puso las manos en la cara. -Celina, ahora sí, en frente de todos, ¿aceptarías casarte conmigo?-
-Sí, claro que sí, pero hay algo que debes saber sobre mí- todos la miraron asombrados, Celina, la perfecta novia de Banchi tenía un secreto.
-¿Entonces Banchi se casará con su prima?- susurró Eduardo a Tita.
-Por favor, no seas estúpido, ella es la novia de Banchi hace un tiempito-
-No me importa Celina, yo te amo como creí que no volvería a amar a nadie, como solo he amado a...- Banchi bajó la cabeza y Celina se la levantó para que mirara en sus ojos.

-Como solo me has amado a mí Banchito- Banchi la miró fijo, vio en sus ojos, lentes de contacto, tocó su cabello hasta la raíz, estaba teñido, sus cejas, sus pestañas, eran diferentes... pero era ella, era Nicole, todo este tiempo. Tita se acercó a verla más de cerca.

-Pero ¿cómo?- dijeron Banchi y Tita a la vez.

-Cuando terminé con Banchito me dí cuenta de lo mucho que lo amaba, entonces me arrepentí, pero él conoció a Eduardo, y se convirtió en todo un galán, y los celos me estaban volviendo loca. Así que, luego de la graduación, me mudé a otra ciudad, me cambié el nombre, me cambié el look y quise rehacer mi vida. En vacaciones vine a visitar a mis padres aquí, y me lo volví a encontrar varias veces, pero no me reconoció, y aún así se interesó en mí, sabía que era el destino. Desde entonces estoy agradecida de que lo tengo, porque sé que no importa lo que él haga, es a mí a quien ama- todos estaban atónitos, nadie se esperaba esto, todos menos Tita.

-No me cuadra, ¿por qué decirlo todo ahora?-

-Verlos ser tan valientes y luchar por quien aman, me hizo darme cuenta que cuando dos personas están destinadas como Banchi y yo, no deben haber secretos ni malentendidos, porque el amor no es mentiroso y no es egoísta- Tita sonrió y los miró a ambos y los abrazó.

-Perdón por todas las cosas horribles que dije de tí todo este tiempo, sabes que Celina es mi "novia de Banchi" favorita- todos rieron.

-Un momento, quiero proponer algo- dijo Lulú que ya había estado callada demasiado tiempo. -Yo imaginé, o mejor dicho esperaba, que Eduardo impidiera la boda de Banchi y Tita, la cual de por si no tenía sentido, ya que Celina no está certificada para casar a nadie. Así que me certifiqué yo y ¿qué les parece si aprovechamos todo esto, y ese hermoso bizcocho que hicieron Banchi y Tita, y casamos a Banchi y a Celina...o Nicole, o lo que sea?- Banchi y Tita se miraron emocionados y saltaron abrazados. Banchi miró a Celina y la tomó de la mano.

-¿Nos casamos?- Celina asintió con una sonrisa y los puestos se cambiaron. Banchi y Eduardo seguían siendo novio y padrino, pero ahora Celina era la novia, Lulú la oficiante, y Tita la madrina.

Eduardo y Tita terminaron juntos el libro, él lo mejoró agregándole su punto de vista, creando una bella historia de amor. Banchi probó ser un gran editor, y a la editorial le encantó el concepto de una secuela, basada en el libro anterior, sobre una historia real. El segundo libro también fue un éxito a nivel mundial. Banchi, Eduardo y Tita eran sin duda un gran equipo. Lulú les diseñó la portada del libro. Y todos vivieron tan felices como les fue posible durante el tiempo que estuvieron juntos.